인생은 연극이고
인간은 배우라는
오래된 대사에 관하여

내 가슴 속에 무대가 있다

인생은 연극이고
인간은 배우라는
오래된 대사에 관하여

최불암

텔레세이
telessay

샘터

스타가 된다면, 사람들은 당신의 모습을 보고 싶어 할 것이다.
배우로 남는다면, 그들은 작품 속에 살아 있는 당신을 발견할 것이다.

— 모건 프리먼 Morgan Freeman(배우, 1937~)

인생이라는 무대 위에
함께 선 벗들에게

재작년 겨울 어느 날, 〈샘터〉 편집장과 인터뷰를 마치고 술을 한 잔 나누었다. 그 자리에서는 아무래도 내 지나온 날들이 화제가 되었는데, 말없이 듣고 있던 그가 문득 입을 열었다.

"그런 화면 밖 이야기들을 독자들이 궁금해 할 겁니다."

배우의 인생을 글로 쓴다? 10여 년쯤 전 나를 소재로 한 유머집이 있었고, 그 전에 개인적인 신변잡기를 모은 글이 있었지만, 정색을 하고 최불암을 말한 책은 없었다. 텔레비전에서 연극, 영화까지 40년 연기를 해왔으니 뭔가 욕심을 부릴 수도 있었겠지만 나는 그리하지 않았다.

"아이쿠, 평생을 남의 인생만 살아온 사람이 자신의 이야기가 무에 있겠소? 꿈 깨듯 독자의 실망이 더 클 거요!"

연기자란 작가의 붓끝에서 춤을 추는 것이라고, 연출자의 눈을 통해 다른 사람의 삶을 대리하는 것이라고 자조한 날들이 있었다. 나는 그 기억들을 쉽게 떨치지 못하고 그날과 그날 이후의 며칠을 망설였다. 그는 화면 안에서 살아온 한 배우를 문밖으로 불러내어 숨통을 틔워 주자고도 했고, 소리 없는 용기와 격려를 준 사람들에게 자그마한 선물을 하자고도 했다. 그것이

책을 만드는 사람의 감언世言임을 알았지만, 나는 못 이기는 척 넘어갔다. 내 안의 나에게 갈증을 느꼈고, 내 밖의 관객들에게 미안한 마음을 품고 있었기 때문이다. 결국 나는 지금까지와는 다른 낯선 무대에 오른다는 마음으로 출간을 결심했다.

〈수사반장〉의 박 반장, 〈전원일기〉의 김 회장, 〈그대 그리고 나〉의 캡틴 박…… 지난 40년 연기자의 길을 걸어오는 동안 어디서 누구를 만나든 사람들은 나를 반겨주었다. 이번에는 내가 그들에게 갈채와 성원을 보낼 차례다. 그들은 스스로를 관객이라고 생각하지만 그러나 이미 나와 같은 무대 위에서 주연과 조연과 단역의 구분 없이 오로지 적역適役을 맡아 열연을 펼치는 생生의 배우들이다.

나를 위해 수고한 모든 것들을 위로하듯이, 지금껏 나를 지탱해 준 그들에게 불쑥 고마운 마음을 전하듯이 이 책을 낸다. 어쩌면 나는 지금, 인생은 연극이고 인간은 배우라는 오래된 대사를 읊조리고 있는지 모른다.

2007년 여름, 최불암

무대 뒤에서

나를 키운 시간들

NG, 다시 갑시다!

19세기 말 그의 외증조부 유진 벨이 한국에 선교사로 온 이후 5대에 걸쳐 한국 사랑을 실천
해 오고 있는 린튼 가의 후예 인요한과, 한국의 아버지 상像을 대표하는 국민배우 최불암이
만나 '우리가 지켜가야 할 것들, 사랑해야 할 것들'에 대한 속내를 나누었다. 전남 순천에서
유년기를 보낸 인요한은 '유진 벨 재단'을 통해 열악한 의료환경에 처해 있는 남녘의 형제와
결핵으로 고통 받는 북녘의 동포를 돕는 일에 앞장서고 있다. 연세대 의대 졸업, 현 연세대
의대 가정의학과 교수, 세브란스병원 외국인 진료소 소장. 1959년 전북 전주 생.

홀로 안으로 익어 가면
그게 남자요, 아버지요

인＿ 늘 '한국의 아버지 상像'으로 회자되시는 데 반해 정작 선생님의 아버님에 대한 이야기는 많이 알려져 있지 않습니다.

최＿ 선친께서는 해방 이전에 중국에 계셨다고 해요. 해방 이후부터 국내에서 활발하게 사업을 하셨고, 그렇게 번 돈으로 영화를 제작하셨답니다. 핏줄은 속일 수 없다고 해야 하나……. 그런데 막상 영화 〈수우愁雨〉의 개봉을 앞두고 제작진들과 숙소에서 담소를 나누시다가 갑자기 돌아가셨어요. 아버지 영정을 안고 시사회를 했던 기억이 아련합니다……. 당연한 얘기지만, 너무 어려서 당신을 여의었으니 나는 사실 아버지를 잘 몰라요. '아버지!'라고 불러본 기억이 두 번쯤 될까……. 아이로니컬하게도 그 큰 품과 정을 느껴볼 기회가 내겐 없었던 거지요.

인＿ 하면 그렇게 깊은 부정父情은 도대체 어떻게 표현해 내시는 건가요.

최__ 군이 따지자면 외할아버지가 아버지의 역할을 대신했던 것 같기도 하고. 아, 그래서 내가 노역 전문 배우가 되었나, 흐흐. 그나저나 나이 들어 아들 딸 낳으면 아버지 되는 거 아닌가요? 아버지 역할이 따로 있는 것도 아니고, 그저 〈전원일기〉를 오래 했을 뿐이지······.

아버지, 아무런 말씀도 않으셨던

인__ 선생님은 실제로 어떤 아버지일지 궁금한데요.
최__ 약한 아버지라는 표현이 맞을 겝니다. 무녀독남으로 자라서 그런지, 난 좀 약해요. 〈전원일기〉의 아버지 '김 회장'도 4대를 거느리고 있었지만 그이도 막상 강한 사람이 아니야. 생각해보면 그게 당연한 게 아닐까 싶어요. 손자, 자식, 어머니 모시고 쓰다듬고, 안으려면 강해선 안 될 것 같아요. 강하다는 말을 해석하기 나름이겠지만.
인__ 아버지는 숙명적으로 약한 존재라는 뜻이군요.
최__ 약한 존재라기보다 표현을 안 하는 존재라는 말이 더 맞겠지요. "내가 너희들의 아버지이니까 이렇게 대접해라" 할 수 있겠어요? 묵묵히 감내하며 사는 게 아버지지······. 슬픈 일 있어도 속상한 일 있어도 무슨 얘기를 하겠어요.
요즘 들어 내가 주례를 많이 보는데, 아버지가 울면 딸이 울고, 딸이 울면 꼭 아버지가 울어요(거 참 희한한 일이지, 식장에서 두 사람이 마주볼 일이 없는데도 약속이라도 한 것처럼 그런다니까). 그런데, 아버지는 손으로 눈물을 닦지 않아요. 마치 흘린 적이 없다는 것처럼 그저 눈만 껌벅거릴 뿐. 그래서 결혼식장에서는 아무도 아버지의 눈물을 볼 수 없고 다만 딸이 그것을 느끼게 되는 것이지요. 내 사무실에 여직원이 하나 있었는데 아주 어렵게 자란 친구예요. 시집갈 때 내가 주례를 봤는데 계속 아버지가 눈물을 떨구는데, 신부도 똑같이 울고 있더라고요. 화장 지워 가면서…… (아들? 그때는 대개 어머니가 울지.)

인__ 그 드러낼 수 없는 심정이, 감당해야 할 무게가 아버지이겠지요.

최__ 우리 시대 가부장의 처지라는 게 그렇지요. 누가 강요한 건 아니지만, 어쨌든 남자들의 그림자가 짧아졌지요. 경제를 일으키고 힘들여 가족을 부양했던 수고를 인정받지도 못하고.

인__ 눈물을 보여줄 수 없는 것처럼, 그러한 섭섭함도 드러낼 수 없는 거겠죠.

최__ 그런데, 아들은 몰라도 딸은 아버지의 속을 조금 들여다보는 것 같습니다. 내가 제 엄마하고 말다툼하는 것 같으면 괜히 밖에서 얼쩡거리지요. 아빠가 속상할까 봐 문밖에서 왔다 갔다 서성거리는 걸 내가 느끼겠다니까. 깔깔대며 일부러 웃고, 분위기를 바꾸려고 애를 쓰는 게 참 예쁘지.

미국, 다시 돌아와야 할 친구 같은

인__ 요즘 미국에 대한 우리 사회의 인식이 많이 변화해서 가끔

혼란스러울 때가 있습니다. 제가 속은 타고난 한국 사람이지만 겉은 어쩔 수 없는 미국인이기 때문에 더 예민하게 느끼는 것일지도 모르겠지만 말이지요. 미국이라는 나라, 어떻게 생각하세요.

최__ 뭐랄까, 지금 이 시점에서 이런 말을 하면 젊은 사람들은 의아하게 여길지 모르지만, 나는 미국인을 좋아해요. 가감 없이 표현해서, 우리 세대는 미국 문화의 영향을 많이 받은 것이 사실이니까요. 학교에서도 시청각 교육이라고 하면 대부분 미국 영화였고. 아마도 카우보이 영화 수천 편을 봤을 겁니다. 그 과정에서 미국인의 사고방식과 행동양식을 이해하게 되었고, 인 박사하고 친구처럼 지내게 된 것도 그런 잠재의식에서 비롯된 것이 많을 테지요.

인__ 선생님이 생각하시는 미국을 조금 더 구체적으로 묘사해 주실 수 있으신가요.

최__ 존 웨인, 게리 쿠퍼, 제임스 스튜어트……. 정의가 무엇이냐, 남자다운 게 무엇이냐를 나는 그때 그 미국 영화배우들에게서 배웠던 거지요. 언젠가 미국을 방문했을 때 미 의회의 몇몇 상하의원들을 만날 기회가 있어서 이런 질문을 던져 봤어요. 한국이 당신네 나라에서 도움 받은 바 크다, 자기 나라 일도 아니고 아무런 관계도 없는 약소국을 위한 프로그램을 만드는 것은 도대체 무엇을 위해서냐, 미국의 어떤 힘이냐, 라고. 그랬더니 종교다, 와스프WASP(미국사회를 이끄는 앵글로색슨 계의 백인 개신교도White Anglo-Saxon Protestant, 인간의 존엄성과 자유민주적 법치주의를 철학으로 내걸고 교육의 민주성, 창의성, 경쟁성, 합리적

실용주의를 추구한다)다, 교육이다, 여러 얘기가 많았어요. 그러다가 마지막에 어떤 사람이 말을 하는데, 그게 아주 인상적이었어요. 왈, 그것은 영화의 힘이다, 좋은 시나리오, 좋은 배우, 좋은 감독이 나와서 좋은 일을 하는 좋은 미국인의 전형을 개발한 거다, 이러는 겁니다. 그러면서 프랭클린 루즈벨트 얘기를 하는데, 그가 주창한 경제부흥정책 뉴딜이 별 게 아니었다는 거지요. 흔히 뉴딜 정책을 통해서 미국의 은행 구조가 바뀌었다고 하는데, 사실은 루즈벨트가 예리하게 기획한 문화우선정책이 은행구조를 바꿨다는 게 옳다는 것이었어요. 이전까지 은행에서 박대받던 엔터테인먼트 종사자들에게도 걱정 말고 돈을 빌려 주라고 했다는 거지요. 그때만 해도 속되게 말해서 연예인들을 '딴따라' 취급할 땐데, 루즈벨트에게는 혜안이 있었던 겁니다. 가수, 만화가, TV 연기자, 영화배우 등 문화의 전면에 위치한 그들이 바로 서야 나라도 바로 선다는 것을 일찌감치 깨달았다고 할까요. 다만 몇 가지 원칙은 있는데, 작품 속에 반드시 개척정신Frontier spirit과 사랑Romanticism과 정의Justice와 인도주의Humanism가 스며 있어야 한다는 것이었습니다. 루즈벨트에게 이런 확고한 신념이 있었기에 "경제공황의 시기에 기간산업이 아닌 연예산업에 투자하고 있다"는 상원의 비판에도 눈 하나 깜짝 않고 뉴딜을 관철시킬 수 있었다는 겁니다. 그나저나 "부자 나라 미국을 만들기 전에 먼저 훌륭한 미국인을 만들어야 된다"는 그의 말은 지금 생각해도 가슴 저릿한 감동적인 명구名句네요.

인_ 미국을, 제가 선생님께 배우고 있습니다. 하하.

최_ 별 말씀을. 다만 아쉬운 것은 요즘 들어 미국이 세계 각국

들로부터 비난을 받는 현상이 발생하고 있는데, 그것은 아마 예전의 미국이 지니고 있었던, 약자에 대한 배려가 결여되었기 때문이 아닐까 하는 생각을 합니다.

인_ 우리 집안이 100년을 넘게 한국에서 살아서 이런 얘기를 할 수 있겠습니다. 미국 밖에서 미국을 볼 때의 문제는, 미국의 잣대가 두 개라는 점입니다. 미국이라는 나라가 미국 밖에서 하는 행동을 미국 내의 가치 기준으로 심판하면 큰 소동이 날 텐데, 그것이 미국 안에서 묵인이 되고 있다는 겁니다. 왜 그러냐고요? 그런 사실을 미국인들이 잘 모르는 겁니다. 우리가 알아야 할 게 있습니다. 미국의 많은 의원들은 여권을 가지고 있지 않다고 합니다. 의외이겠지만, 사실입니다. 역설적일까요? 지금 한국인은 세상을 보며 살지만, 미국 사람은 자기 주밖에 몰라요. 미국 밖의 세상의 잘 모르기 때문에 종종 어처구니없는 일들이 벌어지는 겁니다.

한국인, 드러낼 수 없지만 내 안에 있는

최_ 오늘 우리 미국 얘기 참 많이 합니다.(웃음) 그래요, 나는 다만 순수한 의미에서 가치와 도덕을 준수하는 올곧은 정신의 미국인을 존경하는 것일 터이고. 그것도 결국은 한국이 어떤 나라고, 한국인이 어떤 사람이냐를 말하기 위해서이겠지요.

인_ 그렇습니다. 그런 의미에서, 말과 생각과 입맛까지 저는 누구보다 뿌리 깊은 한국 사람입니다만, 그런 저에게도 '한국인'

하면 떠오르는 닮고 싶은 모습이 있습니다. 바로 최 선생님이시지요.

최 _ 아이구, 무슨 그런 송구스러운 말씀을……. 그런데 말이에요, 저는 사실 '한국의 아버지 상'보다는 오히려 '한국인의 원형 原型'에 관심이 많습니다. 해서 곰곰 따져 보는데, 인내와 끈기, 질박함과 투박함 그리고 선비정신에 이르기까지 우리를 표현하는 말은 많지만 딱히 이것이다, 하는 명쾌함은 없어요. 단일 민족, 순혈 문화를 이야기하지만, 냉정하게 현실을 돌이켜 보면 일본에서, 구라파에서, 미국에서 건너온 것이 섞여 있는 형국이지요. 다시 한복을 입고 수염을 기르라는 얘기가 아니지요. 단지 오늘날 우리의 사고와 행동이 그렇게 되고 있다는 거지요. 나보고도 한국인이냐 물으면 고개를 흔들지 몰라요.

인 _ 이런 분석은 어떨까요. 매스미디어와 인터넷 환경이 우리 사회를 부정적인 측면으로 변모시켜서 한국인의 독특한 문화와 정신과 기질이 어딘가로 사라져버렸다는. 제가 생각하는 한국인의 특질이란, 어떤 조건에서도 살아남는 강한 생명력과 그에서 비롯되는 인생에 대한 유쾌하고 낙천적인 태도입니다. 당장 쌀독이 비어서 앞날이 막막한 순간에도 옛사람들은 웃으면서 여유를 가지고 헤쳐 나갔단 말이에요. 의료 지원을 위해 북한을 방문하면서 제가 느꼈던 것은, 아직 그들에게 그러한 모습들이 남아 있었다는 겁니다. 결핵에 걸려 죽음을 눈앞에 둔 그이들이 해외 언론과의 인터뷰에서 어떤 말을 하는지 아세요? "몹쓸 병에 걸렸지만 어쩌겠어요. 열심히 끝까지 싸워 봐야죠." 비록 몸은 수척하지만 너무나 의연한 자세로 주어진 현실을 받아들이고 용기 있게 맞서는 모습에서 경외감마저 들었습니다. 그런데 지금 우리는 어떻습니까? 툭하면 강물에 뛰어들고, 그것도 혼자도 아니고 온 가족을 데리고⋯⋯. 그런 나약한 태도는 원래 우리의 모습이 아니에요. 비겁한 도피입니다.

최__ 경제적으로 부유해지면서 자본주의적 모순이 표출된다고 봐야겠죠. 인내와 끈기를 가지고 참고 이겨 내려는 생각보다는 따라갈 능력이 없으니, 아무것도 가진 게 없으니 목숨을 끊어야지, 하는 나약한 정서⋯⋯. 그리고 TV와 같은 대중 매체의 영향도 크지요. 대중의 입맛을 핑계 삼아 말초적이고 표피적인 이미지들로만 가득 차 있으니, 우리의 본래 모습에 대한 오해가 증폭되는 거지요. 전통의 가치를 지켜 내는 긍정적인 캐릭터가 TV에서 실종된 지는 이미 오래되었고⋯⋯.

TV, 화려함 그 이상을 품어야 하는

인__ 그리고 보니 선생님 드라마 연기 인생이 어언 40년이 다 되어갑니다. TV 매체에 대한 이해도 남다르실 텐데⋯⋯.

최__ 글쎄, TV라는 게 노크 없이 안방에 들어갈 수 있는 권력을 지니고 있으니 그만큼 책임감도 크고 조심스럽지요. 아이들을 십 년 넘게 교육시키면 뭐 하겠어요? 한 시간 텔레비전 보면 다 흩어지는데⋯⋯. 기왕에 오락 매체이니 달콤한 것, 화려한 것을 쫓는 경박한 풍조를 탓할 수는 없겠지만, 문제는 그 콘텐츠를 걸러서 받아들이기 어려운 낮은 연령대의 시청자들이지요. 허구인지, 진실인지 아직 판단할 수 없는 무방비 상태에서 자극적인 내용에 노출이 되었을 때, 그 폐해가 적지 않은 거지요.

인 — TV가 낳은 최고의 스타가 심중에 담고 있는 TV에 대한 고민이군요…….

최 — 그래요. 대중문화가 사소해지는 것을, 그래서 자라나는 세대들에게 악영향을 미치고 대중 연예인들의 위상이 추락하는 것을 가슴 아프게 바라보고 있다는 것이 솔직한 심정입니다.

인 — 선생님의 말씀에 공감합니다. 다만 한 가지, 그래도 우리 젊은이들이 무비판적으로 저급한 문화를 흡수하는 것은 아니라고 생각합니다. 그들에게는 기성세대가 생각하는 것보다는 훨씬 뚜렷한, 자기 삶에 대한 이해가 있는 것 같습니다.

최 — 맞아요. 그런 것을 부정하는 것은 아니에요. 실제로 우리 젊은이들이 분명한 자기 소신을 가지고 현재의 정보 환경을 이용하고 있는 것을 느낍니다. 그런 맥락에서, 어느 방송국 회의 석상에선가 내가 이런 얘기를 한 적이 있어요. "요즘 TV는 젊은 친구들 위주의 내용으로 편성되는데, 과연 그들이 보긴 보는 거냐. 아니다. TV는 젊은이들이 보는 게 아니다. 착각하지 말아라. 그들이 얼마나 넓은 눈을 가지고 있는데 저녁 7시에서 10시 사이에 TV 앞에 앉아 있겠냐"라고.

인 — 날카로운 지적이시군요. TV를 화제로 삼은 김에 감초 같은 질문을 한 가지 더 드리겠습니다. 연기에 관한 고견高見도 한 말씀…….

최 — 연기자는 백지 같아야 한다는 것이 저의 지론입니다. 좋은 연기 하려면 그림 그리는 캔버스처럼 맑아야 합니다. 그래야 형상을 그릴 수 있으니까요. 신문지 위에 그리면 잘 보이겠어요? 한 인물의 배역이 끝나면 빨리 잊어버리고 타성적 연기와 관습적 캐릭터를 깨뜨려야 해요. 칠판을 닦듯이 지워야 하는 것이지요. 꾸미고 바르는 일보다 닦고 정화하는 일이 더 급하니까, 지워야 쓰니까……

인＿ 〈수사반장〉 19년, 〈전원일기〉 23년. 그 시간, 그 작품들을 한마디로 표현하신다면.

최＿ 스스로의 옷매무새를 단정케 했다는 점에서 〈수사반장〉은 '안방보안관'이고, 삶의 의욕과 용기를 주었다는 점에서 〈전원일기〉는 '삶의 텃밭'이라 할 수 있겠지요.

그리고 남은 이야기들

인＿ 고故 정주영 회장에 대한 선생님의 남다른 기억을 궁금해하는 독자가 많을 겁니다.

최＿ 한참 대선을 준비할 때의 에피소드 하나를 들려 드릴까요. 신문에 '서너 시간 자고 일해서 대통령 나온다'라는 제목으로 기사가 나왔어요. 아침에 대책회의를 하는 자리에서 "기사 잘 봤습니다. 서너 시간씩밖에 안 주무신다고요……"라고 여쭈었더니, 대뜸 "아니, 누가 그렇게 자고 버텨요? 사람이 일곱 시간은 넘겨 자야지. (손을 보여주면서) 내가 손도 크고 장사예요. 쌀가마도 지고 말이죠. 그렇지만 잠을 자야 힘도 쓰는 거예요. 엉터리 기사예요." 그러면서 덧붙이시길, "이거 봐요. 앞으로 잠

서너 시간 잔다는 사람하고는 장사도 하지 말아요. 병자 아니면 사기꾼이에요……." 이러시더라고요.

인_ 정 회장님의 표정과 말투가 선하게 그려지는군요.

최_ 언젠가 당신께서 직접 〈전원일기〉에 출연을 원하신 일도 있었지요. 20분쯤 드라마에 등장해서 농사 철학을 얘기하시겠다고. 그게 1980년대 후반 즈음의 일인데, 그쪽 회사 사장단 회의에서 반대를 하는 통에 녹화 전날 취소가 됐기는 하지만, 어쨌든 그만큼 농사를 좋아하셨지요. 한마디로 그분의 철학은 땅이고 아버지였지요. "부모가 준 최고의 선물이 무엇인가요?"라는 질문에 그분의 대답은 망설임 없이 명쾌했어요. "가난이야."

인_ 대담을 마무리할 시간이네요. 연말에, 정초에 요즈음 사람들 많이 만나셨지요? 약주도 많이 하시고……. 모쪼록 건강 주의하세요.

최_ 왜 술 얘길 안 하나 했네. 인 박사나 나나 넉넉한 인심을 그리워하는 사람이니 적당한 술자리를 피할 수는 없겠지요. 그래요, 이왕 마무리니까 인사 대신 술에 관한 얄팍한 철학을 토로해 봅시다. 술은 마음을 달래자고 먹는 거니까, 인 박사나 나나 이제 그만 먹어도 되지 않을까 하는 게 내 생각입니다. 예전에는 말도 잘 안 통하고 세상도 답답해서 말없이 술을 마셨지만, 이제는 왜 안 통하는지, 왜 막막했는지를 깨닫는 나이가 되었을 테니까. 그렇지 않습니까, 인 박사. 파~!

*〈샘터〉 2006년 2월호에 실렸던 글입니다.

수많은 약속과 메모들. 내 수첩에는 깨알 같은 글씨가 가득 차 있다.
디지털의 시대에 나는 여전히 아날로그를 신뢰한다.
오전 9시, 사단법인 〈웰컴 투 코리아〉 시민협의회 사무실에 들러
회의를 주제하고 시급한 업무를 처리한다.
오후 3시 KBS 인터뷰, 4시 30분 〈좋은 나라 운동본부〉 녹화
그리고 저녁에는 지인들과의 술 약속이 기다리고 있다.

01

분장을 하다

Cue Sheet 큐시트

프로그램의 개시에서 종료까지
무엇을 어느 시점에서 방송 또는 녹음, 녹화할 것인가를
일정한 형식에 따라 기입하게 되어 있는 진행표.
PD에게 전략 상황판의 역할을 한다.

나의 일,
나의 하루

　　결국 이 모양이다. 6시. 어김없이 눈이 떠진 것이다. 나이가
든다는 것은 없는 규칙도 만들어서 지켜야 직성이 풀리는 것인
지도 모른다. 그렇게 정한 것도 아닌데 늦게 잠들어도 규칙처럼
아침 6시가 되면 눈이 떠지는 걸 보니 나도 제법 나이가 든 모양
이다. 그렇다고 젊은 사람들 앞에서 잠이 줄었다느니, 새벽에
저절로 눈이 떠진다는 얘기는 안 하는 것이 낫다. 그런 얘기를
해봐야 위로를 받기보다 한물간 늙은이 취급을 받기 십상이기
때문이다.

　　나는 일어나 머리맡에 둔 수첩을 펼쳐 든다. 오늘은 목요일이
다. 방송용어 중에 큐시트Cue Sheet라는 게 있다. 프로그램의 시작
부터 끝까지의 전 과정을 일정한 형식에 따라 구체적으로 기입
해 놓은 방송 진행표를 말한다. 방송을 시작하기 전에 작성하여
모든 스태프들에게 나누어 주는데 방송 진행 전 과정의 기본적
인 틀이 된다.

내게 큐시트는 수첩이다. 수첩에는 잊지 말아야 메모와 약속을 빠짐없이 적어 둔다. 오전에는 사단법인 〈웰컴 투 코리아〉 시민협의회 사무실에 들러 회의를 주재하고 업무 진행을 위한 결재를 해야 한다. 나는 그곳의 회장직을 맡고 있다. 오후 3시에는 KBS 기자와의 인터뷰, 4시 30분에는 〈좋은 나라 운동본부〉 녹화, 저녁에는 지인들과의 술 약속이 기다리고 있다.

한때 사람들은 야당 대표를 지낸 여성 정치인이 수첩을 가지고 다니는 것에 대해 말이 많았다. 자신이 하고 싶은 말을 수첩에 적어와 회의시간에 읽는다는 것인데, 그러한 행동이 왜 웃음거리가 되는지 나로서는 도무지 알 수가 없다. 사람은 누구나 자신에게 맞는 큐시트가 있게 마련이다. 그것이 머릿속에 있든 수첩 속에 있든 상관할 일은 아니다. 기억을 환기시키기 위해 수첩에 메모를 하고, 그것을 규칙처럼 여긴다는 것은 좋은 습관이지 따져 물을 흠은 아니다.

세수를 끝낸 후 자전거를 몰고 밖으로 나선다. 생각보다 날씨가 쌀쌀하다. 배우로 살아간다는 것, 내가 모르는 사람이 나를 안다는 것이 마냥 즐겁고 편한 것은 아니다. 아침운동으로 매일 여의도 한강시민공원을 자전거로 달릴 때 나는 항상 모자와 마스크를 착용한다. 나를 숨긴다기보다는 오가며 만나는 사람들로부터 생길 수 있는 서로간의 불편함을 피하는 방법이다.

운동을 마치면 집으로 돌아와 샤워를 하고 아내가 차려 놓은 식사를 한다. 식사 후에는 신문을 읽는다. 현대는 디지털 시대라고 하지만 나는 여전히 활자로 가득한 종이 신문이 편하다. 핸드폰을 잃어버릴 경우 그 안에 들어 있던 연락처를 모두 잃어

버려 당황하는 사람들이 많다. 그러나 나처럼 아날로그 방식에 익숙한 사람들은 연락처를 수첩에 담아 보관하기 때문에 봉변할 일이 적다. 인터넷을 통해 쉽게 많은 정보를 얻어 낼 수 있지만 애써 시간을 들이고, 발품을 팔아 얻어 낸 정보는 평생을 기억하는 법이다. 그런 면에서 보면 신문은 그야말로 활자로 만나는 아날로그식 정보의 바다다. 정치, 경제, 문화에 이르기까지 시시콜콜 세상 돌아가는 일을 엿볼 수 있다.

오늘은 KBS 시사교양 프로그램 〈좋은 나라 운동본부〉를 녹화하는 날이기 때문에 마음이 편치 못하다. 1999년부터 출연을 했으니 익숙해질 법도 하건만 지금도 녹화가 있는 날이면 가슴이 뛴다. 아무래도 다른 날보다는 사무실에 일찍 나가야 할 것 같다. 신문을 접고 양복을 챙겨 입은 다음 집을 나선다.

여의도는 내게 또 다른 고향이다. 집과 사무실이 여의도고, 활동무대인 방송국이 대부분 여의도에 있는 까닭이다. 1979년부터 들어와 살았으니 여의도에서만 30년 가까이 살았다.

살다 보니 숫자만 따지게 되는 모양이다. 아침 '6' 시면 어김없이 눈이 떠진다. 오후 '3' 시에는 KBS 기자와 KBS 본관 IBC빌딩 커피숍에서 방송 '80' 주년 기념 인터뷰가 있다. '4시 30' 분에는 '1999' 년부터 '8' 년간 출연해 온 시사교양 프로그램 〈좋은 나라 운동본부〉의 '360' 회 녹화가 있다. 저녁에는 지역구에서 '30' 년 가까이 알고 지내 온 지인들과의 술 약속이 잡혀 있다.

〈웰컴 투 코리아〉 시민협의회의 일을 마치고 KBS 본관 IBC빌딩 커피숍에 도착한 것은 오후 3시가 조금 못 된 시각이었다. 나를 금방 알아본 젊은 기자가 다가온다. 서로 인사를 나누고 자리를 잡고 앉는다. 기자는 노트북을 꺼내어 테이블 위에 올려놓으며 KBS 사보 기자라고 자신을 소개한다. 그의 말에 따르면 올해가 한국에서 방송 전파가 발사된 지 80년이 되는 해라고 한다. 안방극장의 대표 연기자로서 소감을 밝혀 달라는 것이었다. 아울러 KBS와의 인연, 바라는 바 등등까지도.

내가 MBC보다 KBS로 먼저 데뷔했다는 사실은 일반인들에게 그리 많이 알려져 있지 않은 것 같다. 나는 국립극단에서 연극을 하다가 1967년 KBS 드라마 〈수양대군〉을 통해 방송 드라마에 데뷔했다. 방송파와의 첫인연을 KBS에서 시작하여 40년을 맞은 것이다.

KBS가 한국사회에 끼친 영향과 역할이야 새로울 것도 없지만 나름대로 기대하는 바가 없지 않다. 이제 방송국마다 중복되는 역할을 피하고, 전문성을 확보하자는 것이다. 이를테면 KBS는 수준 높은 교양 프로그램을 장려하고, MBC는 드라마, SBS는 오락과 쇼 같은 프로그램을 특성화하는 것이 좋지 않겠느냐는 생각이다. 그런 저런 얘기를 기자에게 털어놓았다. 출연자 대기실에서 〈좋은 나라 운동본부〉의 대사 리허설이 진행될 예정이기 때문에 곧 인터뷰를 마쳐야 했다.

서둘러 대기실로 향한다. 복도를 걷다 보니 누군가 알은체를 한다.

"어머, 여전히 멋지세요!"

예전에 'DDD'라는 노래를 불렀던 가수 김혜림이다.

"고마워. 어쩐 일이우?"

"방송 있어서요."

"잘 됐구먼."

"선생님, 또 뵐게요."

멀어져 가는 그녀를 일별한다. 마냥 지체할 시간이 없다. 빠르게 발걸음을 옮긴다. 출연자 대기실로 들어서자 피디와 작가들 그리고 진행을 맡고 있는 김기만 아나운서, 이정민 아나운서가 눈에 들어온다. 모두들 일어나 인사를 한다.

"본부장님 나오셨어요?"

그때 심우진 작가가 다가와 대본을 건넨다.

"아, 심 작가! 오늘 끝나고 한잔하면 좋을 텐데 저녁에 일이 좀 있어."

"그러세요? 그럼 다음에 해요."

개그맨 윤정수가 나타나 꾸벅 인사를 한다.

"예전엔 본부장님 똑바로 쳐다보지도 못했습니다."

윤정수가 말하자 누군가가 대꾸한다.

"아니, 왜요?"

"나도 방송생활이 10년이 넘으니까 이제 그나마 인사라도 드릴 수 있는 거야."

윤정수의 설명이 이어지자 누군가의 말이 이어진다.

"본부장님, 방송생활 몇 년 되셨어요?"

"40년 됐지. 허허허."

"어머나, 그렇게 되셨어요?"

출연자 대기실이 북적거릴 때, 뒤늦게 개그맨 박수홍이 도착했다. 지체할 것 없이 모두들 대본을 받아 들고 자리를 잡는다. 일순 주변은 숙연해지고, 모두들 진지한 눈빛이 역력하다.

"안녕하세요? 〈좋은 나라 운동본부〉의 박수홍입니다. 다음 주말부터 설 연휴가 시작되니까 지금부터 본격적인 설맞이 준비 기간인데요. 다들 설 준비들은 하셨나요?"

박수홍이 대사를 읽자 이정민 아나운서가 말을 받는다. 그렇게 순서대로 대본 확인이 이어진다. 앞으로 KBS를 짊어질 김기만과 이정민 아나운서, 웨딩업체 대표가 되었다는 모범생 박수홍, 레스토랑 경영을 통해 남다른 능력을 보이고 있다는 효자 윤정수까지 누구 하나 나무랄 데가 없다.

대본 확인이 끝나자 너 나 할 것 없이 옷을 차려입고, 화장을 고치느라 분주하다. 누군가는 최근에 본 영화 얘기를 하고, 김기만 아나운서는 대사를 외우기 시작한다. 넥타이를 고르고 있는 내게 이정민 아나운서가 덕담을 던진다.

"너무 멋있으세요, 본부장님."

"파하하."

"쑥스러워서 그러시는 거죠?"

"거짓말하는 거 다 알아."

모여 있던 사람들이 동시에 웃음을 터뜨리고 나자 누군가의 말이 다시 이어진다.

"코디가 그러는데 윤정수 씨 오늘 생일이래요. 어떡하죠?"

때마침 나의 핸드폰이 진동을 한다. 연극협회 관계자다. 토요일에 총회가 있으니 참석해 달라는 부탁이다. 재빨리 수첩을 연다. 그 시간 인근에는 결혼식 주례가 있다. 나는 어떻게 조정할수 없는가를 묻는다. 그러다 누군가 소리를 지른다.

"15분 정각에 녹화 들어가겠습니다!"

녹화장소인 TS-3에 들어선다. 수많은 조명들이 천장에 매달려 있고, 세트 중앙에는 방청객들이 자리를 차지하고 있다. 세트 위로 올라가 관계자가 내민 소형 마이크를 양복 속에 착용한다. 주머니의 휴대폰도 꺼내 전원을 끈다. 의자에 앉자마자 누군가가 재촉한다.

"자, 갑시다."

자세를 고쳐 잡으려는 찰나에 코디가 불쑥 다가와 내 얼굴에 파운데이션을 찍어 바른다. 조명이 갑자기 꺼졌다가 다시 들어온다. 그 시간을 이용해서 방청객 중의 한 명이 진행자와 함께 포즈를 취하며 디지털카메라를 찍고 있다. 녹화에 들어가는 상황에 이르면 누구나 긴장하게 된다. 긴장을 푸는 방법도 가지가지다. 물을 마시는 사람이 있는가 하면, 쉴 새 없이 떠드는 사람도 있다. 나라고 예외일 수 없지만 겉으로 드러내지는 않는다.

"자, 가겠습니다!"

"스탠바이, 큐!"

"안녕하세요? 〈좋은 나라 운동본부〉의 박수홍입니다. (박수받고) 다음 주말부터 설 연휴가 시작되니까 지금부터 본격적인 설맞이 준비기간입니다. 다들 설 준비들은 하셨나요?"

"뭐 저야 아직 결혼을 안 했으니까 특별히 준비하는 건 없고요……."

"컷! 처음부터 다시 가겠습니다."

"스탠바이~ 큐!"

"안녕하세요? 박수홍입니다."

녹화가 본격적으로 시작된다. 박수홍이 오프닝을 하고, 이정민과 윤정수가 그다음을 잇고, 다시 박수홍이 질문을 하면 윤정수와 김기만이 덧붙인다. 한 치도 긴장을 늦춰서는 안 된다.

첫 번째 코너는 '희망 365'다. 얼마 전, '희망 365' 코너의 촬영을 위해 서울의 아파트 건설 현장을 다녀온 기억이 생생하다. 러시아 모델 율라와 '댄서 킴'으로 통하는 개그맨 김기수와 함께 출동했었다. 15년째 공사장 일을 하며 아들과 딸 뒷바라지를 한 아주머니가 인상에 남았다. 특히 두 자녀를 공사현장으로 초대해 아주머니와 상봉하는 장면을 찍을 때는 남모르게 내 가슴도 울컥했다.

두 번째 코너는 '김기만의 양심추적'인데, 설을 맞아 고의적으로 원산지 표지를 바꾸거나 누락하는 실태를 고발하는 내용이었다. 설 대목을 앞둔 서울 한 식육점의 '산지직송'이라고 표기된 쇠고기는 확인 결과 100% 수입 산이라는 담당 기관의 판명이 나왔다.

세 번째 코너는 '높은음자리'이다. 6년째 백혈병을 앓고 있지만 꿈을 잃지 않은 김근영 어린이에게 소원을 들어주는 내용을 담고 있다. 근영이의 첫 번째 소원인 아이돌 스타 슈퍼주니어와 대빡이, 얼빡이의 병동 콘서트가 이루어졌고, 두 번째 소원인 전투용 헬기 탑승 내용이 소개되었다. 근영이는 마지막 소원으로 훗날 어머니를 모시고 해외여행을 하고 싶다고 밝혀 우리 마음을 저미게 했다.

"컷! 수고하셨습니다."

녹화를 마치고 나자 박수가 터진다. 박수가 잦아질 즈음 누군가가 촛불을 들고 무대 앞으로 다가오기 시작한다. 자세히 보니 촛불을 꽂은 생일 케이크다. 스태프들이 개그맨 윤정수의 생일을 기념하기 위해 발 빠르게 준비한 모양이다. 그들의 순발력이 놀라울 따름이다. 윤정수가 멋쩍은 표정을 지으며 훗! 촛불을 끈다. 모인 사람 모두가 축하하며 다시 박수를 친다.

'좋은 나라'로 가기 위한 방법은 우리 마음속에 있다. 그 마음을 움직이기 위해 관계자들은 오늘도 프로그램 제작에 심혈을 기울이고 있고(그러나 〈좋은 나라 운동본부〉의 시청률은 8퍼센트를 밑돈다니 '좋은 나라'를 만들기 위해서는 아직도 시간이 더 필요한가 보다), 나는 다음 약속을 위해 다시 걸음을 옮기기 시작한다. 나의 나의 하루는 그렇게 지나고 있었다.

꿈을
먹고 사는
사람들

나는 광대廣大라는 단어를 좋아한다. 한자로는 '넓을 광' 자와 '큰 대' 자를 쓴다. 직업적 예능인을 통틀어 이르는 말이다. 광대라는 말과 비슷한 말로 배우俳優라는 단어가 있다. 연극이나 영화 등에 등장하는 인물로 분장하여 연기를 하는 사람이라는 것은 누구나 다 안다. 예전에는 배창俳倡·창우倡優·화척禾尺이라는 말도 쓰였다고 한다.

광대가 포괄적인 뜻을 담고 있고 고려와 조선시대 때부터 통용되었다면 배우는 일본에서 사용되기 시작한 것 같은데 — 전적으로 나의 개인적인 취향이지만 — 구체적이면서도 직업적인 인상이 강하게 풍긴다고 할 수 있겠다.

그렇다면 '탤런트talent'는 무엇이고, '스타star'는 어떤 의미를 담고 있을까. 탤런트는 본시 천부적으로 타고난 재능을 뜻하는 말인데 흔히 방송에 출연하는 연예인을 그렇게 부른다. 반면 스타는 높은 인기를 얻고 있는 연예인이나 운동선수를 포괄적으로 지칭한다고 할 수 있겠다.

나는 개인적으로 텔레비전 드라마에 출연하는 연기자인 나를 '탤런트'라고 단순화시켜 부르는 것이 조금 못마땅하다. 그러나 나를 무엇이라 부르건 무슨 큰 상관이 있겠는가. 배우는 관객이 원하는 대로 보여야 하고 생각하는 대로 움직여야 하는 것이다.

아무려나, 배우나 스타들도 사랑을 하고, 결혼을 한다. 경험에 비추어 볼 때 배우들은 꿈을 먹고 사는 사람들이다. 그래서 보통 사람보다 삶에 서툴고 사랑 앞에서 미숙할 수 있다. 그럼에도 세상의 시선 때문에라도 그들은 일반인들보다 더 인내하고 더 모범적으로 가정생활을 하려 노력한다. 하지만 그렇게 노력을 하다가도 더러 파경에 이르면 여지없이 대중의 지탄의 대상이 되곤 한다. 사랑 속에서 살고 죽는 배우라는 직업의 속사정을 알고 있는 나로서는 참으로 가슴 답답한 노릇이 아닐 수 없다.

여기 사랑을 주제로 한 드라마가 한 편 있다. 남녀 주인공들은 실제로 사랑하는 사이는 아니지만 작가가 만들어 준 인물에 몰입하여 감정을 표출한다. 남녀 주인공들이 사랑하는 모습을 보여 주지 못하면 시청자들은 대번에 간파한다. 연기를 하다 보면 남녀 배우가 마음이 가까워질 수 있다. 가까워지지 않으면 자연스러운 사랑 연기가 나오질 않기 때문이다. 미워하는 사람에게서, 인간성이 고약해서 쳐다보기 싫은 사람에게서 사랑의 감정을 이끌어 낼 수는 없다. 본인들은 참아 내더라도 시청자들은 벌써 안다. 저 사랑은 거짓말이라고.

배우를 흔히 스타라고 한다. 스타는 별이다. 별은 저 높은 경지에 있다. 날씨가 좋은 날 밤에 별은 유난히 반짝거린다. 그러나 흐리고 구름 낀 날에 별은 보이지 않는다. 같은 이치다. 구름에 가려 잠시 자신의 모습이 드러나지 않는다고 실망할 필요는 없다. 자기가 눈에 띄지 않는다고 절망하거나 스스로를 포기할 때, 그들은 이미 스타가 아니다. 스타는 언제나 그 자리에 있고 언제든 반짝인다는 생각을 가져야 한다. 쉼 없이 살고 닦아야 하는 수신修身이고, 수련修練이다. 그럼으로써 얻어지는 청명함이 별의 광휘光輝다.

그리고 또, 성공은 분별 있는 행동 속에서 찾아온다. 대중이 자신의 일거수일투족에 열광한다고 해서 본인을 혼자 생겨난 스타처럼 여겨서는 곤란하다. 나는 후배들에게 계통이 있는 길을 걸으라고 권고한다. 수없이 만들어지는 스타들을 지켜보면서 대중에게 인정받는 자들과 그렇지 않은 자들이 어떻게 다른가 나름대로 분석해 본 적이 있다. 겸손은 기본이고, 그 눈망울 속에 배움의 열정이 있는 친구들이 결국에는 성공하는 것을 나는, 수없이 보아 왔다.

나는 배우로 살아오면서 분장을 내 손으로 했다. 꼭 그 방식이 옳다는 얘기가 아니다. 어느 순간 얼굴 깨나 알려졌다고 코디니, 메이크업 아티스트니, 스케줄맨이니 한 떼거리를 몰고 다니는 애송이들, 배우라면 최소한 대사라도 자신의 노력으로 외워야 하는데 그조차 거느린 사람에게 읽게 만드는 허깨비들은 최소한 닮지 말라는 이야기다.

나는 잠재력 있는 뛰어난 후배들이 프로덕션에서만 인정해 주는 배우가 아닌, 선배와 후배 앞에서 그리고 무엇보다도 공공

KBS 실화극장 〈제3지대〉(1968).
당시 나는 첩보원으로 활동하는 안마사 역할을 맡아
시각장애인이 사용하는 피리와 걸음걸이 등을 집중적으로 연습했다.
검은 안경을 쓰고 있어도 실제로 눈을 감아야
실감 나는 연기를 할 수 있다는 사실을 시청자는 알고 있을까.

의 장소에서 빛나는 스타가 되기를 바란다. 아울러 나는 좌절하여 등을 돌리려는 후배들에게도 결코 포기하지 말라는 충고를 전해 주고 싶다. 강조하거니와 어린 스타들이여, 강보에 쌓인 아기처럼 놀지 마라. 팬들이 왜 그대를 외면하는지를 냉철히 살피고 심기일전하라.

　사람이 살면서 가장 큰 질병은 절망이요, 가장 큰 죄악은 포기라고 했다. 당부하고 싶은 것은 한 가지다. 사랑 앞에서 그리고 슬픔 앞에서 당당해지라는 것이다. 외로움을 음미하고 기도하듯 스스로를 정화해야 한다. 그대는 평범하지 않으므로 비범한 것이다.

선배의
기도

연극의 시작을 준비하라는 예종이 울리면 연기자들은 자신의 의상과 분장, 소도구, 대사들을 다시 한 번 점검하면서 초조한 마음을 달랜다.

수십 년 전, 내가 알았던 한 선배의 이야기이다. 그분은 누구보다 일찍 와서 모든 준비를 끝내고 주위를 의식하지 않고 텅 빈 무대로 몸을 향한 채 경건하게 그리고 엄숙하게 눈을 감고 누군가를 향해 무언가를 기도했다. 무대 경력이 일천했던 당시의 나는 흥분과 두려움으로 들떠 그러한 선배님의 차분하고 정숙한 태도를 주의 깊게 지켜볼 경황이 없었지만, 이제 막상 내가 선배의 입장이 되니 그분의 모습이 자꾸 되살아 떠오르는 것은 어찌할 도리가 없다.

좋은 연기자란 자신의 감성과 이성을 잘 조화시키는 이다. 끝없는 수련과 날카롭고 냉정한 분석을 통해 자신의 때를 씻고 내가 아닌 그의 인물을 구현, 창조해서 그 인물의 특성과 영혼을 표출해야 하므로 배우에게는 혹독한 훈련과 집중이 필요하다. 오로지 백지처럼 맑고 깨끗한 영혼으로 표백되어야 어느 색이든 그 형태가 박진감迫眞感 있게 그려진다는 것을 그분은 앞서 깨닫고 있었던 것이다. (박진! 이 말을 여러분은 기억해 주시기를 바란다. 이 말은 원래 실재實在의 사물과 가깝게 묘사한다는 미술 용어였는데, 근자에 들어서는 영어의 다이내믹dynamic, 역동적인과 유사한 의미로 쓰여지면서 의미의 혼란을 가져오고 있다. 내 나름대로 뜻풀이를 하자면 '나'를 잊지 않으면서 '그것'이 되고, '그것'과 하나가 되면서도 '나'를 잊지 않는, 진정한 배우의 경지를 가리키는 아주 적합한 단어인 것이다.)

어쨌거나, 그 선배님의 기도에는 바로 그러한 순결한 바람이 함축되어 있고 그러한 행위를 통해 자신을 새로운 인물로 재탄생시키려는 염원이 담겨 있었다. 개막 30분 전, 어둡고 적막한 무대 한 모퉁이에서 고독하고 엄숙한 투쟁을 하셨던 그 선배님의 모습을, 나는 지금도 경건히 존중하고 있는 것이다.

진실을 향해 가는, 순수하게 자신을 정화시키는 고독한 투쟁의 시간은 분명 좁고 험한 길이었을 것이다. 누구도 온전히 다 이해 못하는 그 고독한 길에서 아무도 모르게 염원하고 기도하였을 당신을 생각하면서, 나는 조심스럽게 옷깃을 여민다.

다시
그 시간 속으로

    연기자로 살아온 지난 시간을 되돌아봅니다. 사람들은 저를 박 반장으로, 또 김 회장으로 반겨 주었습니다. 하지만 저는 형사도, 농부도 아닙니다. 대신 살아온 삶. 그 삶 속에서 저는 울고 웃고 때로 절규하며, 그 인물들이 진정 나인 것처럼 그렇게 살았습니다.

사람 내음나는 드라마

    〈전원일기〉는 제 인생에 너무도 큰 영향을 끼쳤습니다. 제가 어릴 적에 아버지가 돌아가셔서 아버지 역할이 무엇인지, 한 가정 내에서 아버지의 위치가 어떤 건지 잘 몰랐습니다. 하지만 〈전원일기〉를 하면서 '아버지는 이런 거구나' 하는 것을 깨닫고 김 회장처럼 아이들을 키우고자 하였습니다.

    돌이켜 보면 저는 정말 〈전원일기〉에 최선을 다했습니다. 김 회장의 걸음걸이, 구부정한 자세 모두 제가 만든 겁니다. 의상도 분장도 직접 했습니다. 문득 이런 에피소드가 생각나는군요.

방송사 수위들이 〈전원일기〉 녹화 날을 기가 막히게 맞추었답니다. 그래서 어떻게 아느냐 물었지요. 그랬더니 〈전원일기〉 녹화 날에는 정문에 들어설 때부터 김 회장 자세가 나온다나요?

사실 저는 김 회장처럼 살지는 못했지만, 〈전원일기〉 속에서 내 인생의 마지막을 맞으면 행복하겠다, 그런 생각을 했습니다. 1980년에 시작해서 2002년 종영될 때까지 천 번을 넘게 시청자와 만났습니다. 그래서 아쉬움이 더 많은 것 같습니다. 제가 해온 것이라서가 아니라 〈전원일기〉 같은 드라마는 좀 더 오래 남아 우리 곁을 지켜 줘야 한다는 바람 때문일 것입니다. 갈수록 사람 냄새 나는 드라마는 사라지고, 너무 자극적인 것들만 남는 것 같습니다.

시청자들에게 초대받은 시간

TV로 시작한 연기 인생만으로 보면 올해로 연기한 지 꼭 40년이 되는군요. 국립극단에서 연기생활을 하다가 1967년 KBS TV 연속극 〈수양대군〉으로 데뷔할 때, 제 역할은 김종서였습니다. 당시 제 나이 스물여덟이었는데, 저보다 30년 이상 나이 드신 분을 연기한 것이지요. 그리고 그 이후로도 제 실제 나이보다 나이가 더 든 역할을 주로 하게 되었습니다. 하지만 역할을 제대로 소화해 내지 못해서 속상한 적은 있었어도 멋진 배역이 돌아오지 않았다고 해서 크게 실망한 적은 없었습니다.

저는 드라마 촬영에 들어가기에 앞서 몸과 마음을 정갈히 하려 노력합니다. 시청자들로부터 안방에 초대받았다는 생각을 하면서 임하는 것이지요. 초대받아 안방에 들어가는데, 추레한 모습을 보여서는 안 되겠지요.

사람들은 누구나 자신을 자기 이상으로 보이려 노력하면서 사는 것이 아닌가 합니다. 그런 면에서 연기자는 일반인보다 돋보이게끔 더욱 노력을 해야 합니다. 연기는 자기가 아닌 다른 사람을 창출하는 작업입니다. 작가가 쓴 인물을 내 몸으로 구현해 내야 합니다. 그래서 그것이 최고로 형상화될 수 있다면 예술의 경지에 이르는 것이고, 그런 연기자를 '예술가'라 해도 될 것입니다.

〈수사반장〉, 〈전원일기〉는 정말 잊을 수 없는 작품들입니다. 그런 한편 기억 속에 큰 잔영으로 남는 작품은 〈영웅시대〉입니다. 그 작품에서 연기한 고故 정주영 회장 대역은 제 연기 인생을 되돌아보게 하는 캐릭터였습니다. 배고프고 힘들었던 우리들의 젊은 날이 떠오르면서, 시련을 넘어 성공신화를 하나씩 이루어가는 장면들은 희열이었고, 기쁨이었습니다. 하지만 그 역할을 되짚어보면, 지나간 내 연기의 의미가 어디에 존재하는가 분명치 않음을 느끼기도 합니다. 정말 내가 그 역할을 제대로 표현하였나? 그래서 때때로 그 연기를 다시 할 수 있다면 하는 생각을 하기도 합니다.

아이들의 내일을 생각하는 매체

〈수사반장〉은 '강력수사 실화극'이었지요. 살인사건이 벌어지고 강력계 형사들이 수사를 펼치는 그런 설정이었습니다. 당시 〈수사반장〉의 주인공 중 하나였던 박 반장은 권총도 수갑도 멋스런 선글라스도 없었지요. 그저 흰 손수건만 주머니에 가지고 다녔던, 말 그대로 '인정人情 수사극'의 주인공이었습니다.

그리고 또 〈수사반장〉은 여러 면에서 한국 사회에 큰 영향을 끼친 드라마 가운데 하나였습니다. 범죄 기법을 알려 준다고 해서 방영을 그만두어야 한다는 말이 나오기도 했으니까요. 그러한 과정을 통해서 저는 TV가 사회에 얼마나 영향력이 큰 매체인지 깊이 생각하게 되었습니다.

요즘 젊은이들은 자신도 모르게 드라마의 인물을 흠모하게 되고, 따라서 닮고 싶은 충동을 TV로부터 받아들입니다. 그리고 TV 속 주인공처럼 되고 싶어 합니다. 요즘 초등학생부터 청소년들은 대다수 연예계를 동경하고, 선망하고 있다 하지요. 그래서 이런 생각을 해봅니다. '화려해서일까? 다른 꿈을 심어 주지 못해서일까? 영웅이 없어서일까? 다른 분야는 문제가 많아서 피하는 것일까?'

오늘날 TV는 많은 이들에게 즐거움과 오락을 주고 있습니다. 현대 생활은 TV를 떠나 생각할 수 없게 되었고, TV는 우리 아이들에게 부모 이상으로 가깝게 있습니다. 그래서 저는 외람된 말씀이지만, TV가 미래를 열어 주는 진정한 매체가 되어야 한다고 생각합니다. 닮고 싶은 인물, 따라가고 싶은 인간상을 텔레비전이 그려 내야 하지 않을까 생각합니다. 스승의 말씀이 연예인의 인터뷰보다 영향력이 없다면 그것은 비극이요, 내일에 대한 절망일 것입니다.

영웅은 어디에 있을까

저는 이제 60대 중반을 넘긴 나이에 이르렀습니다. 이젠 노인 대접을 받아야 하지요. 젊은 시절 연기자로 많은 시간을 보냈다면, 이제 나이가 들어서는 연기 이외의 다른 역할들이 저를 요구하고 있습니다. 나이 든 사람으로서 이 사회에 제가 할 수 있는 역할을 '연기' 해야 하는 것이지요.

드라마 하나가 만들어지기 위해서는 주연뿐 아니라 조연과 단역과 엑스트라도 필요합니다. 모든 배우들이 자신에게 요구되는 역할에 최선을 다해야 드라마가 완성되는 것처럼 제가 살아온 경력과 지혜를 전하는 노인으로서의 역할에 최선을 다해야 한다는 생각을 하게 되었습니다.

저는 그동안 많은 분들께 과분한 사랑을 받아 왔습니다. 이제 돌이켜 보건대, 개인적 명분은 더 이상 제게 중요하지 않습니다. 우리 국민이 모두 힘내서 갈 수 있는 내일의 지평을 여는 데 보탬이 된다면 남은 힘 모두 쏟아 붓는 것이 제게 주어진 일이라 믿습니다.

우리는 '영웅' 을 기대합니다. 우리 스스로가 멋진 대사와 몸짓을 보여 주는 '주인공' 이기를 바랍니다. 그런데 과연 영웅은 어디에 있을까요? 주인공은 누구일까요? 자기 자신의 자리에서 울고 웃고 가슴 아파했던 그들이 주인공 아닐까요? 역사의 관객들로부터 환호와 갈채를 받았던 주연 뒤에서 묵묵히 자신의 연기에 최선을 다했던 수많은 그분들을 나는 다시 떠올립니다.

그리고 천천히 눈을 들어 내 주위를 둘러봅니다. 과거와 현재와 미래는 단순히 시간의 흐름만을 의미하지 않습니다. 그것은 시련과 실패, 성공과 환희 그리고 무던함과 평범함이 엉켜서 흘러가는 강물과 같습니다. 스스로 영웅이 되기보다 내가 아닌 다른 사람이 영웅이 될 수 있도록 배려해 주는 그런 모습이 내 안에 스며 있기를 나는 기도합니다.

동행

강산은 변해도 추억은 남아 있는 법이다. 벌써 20년 가까이 지난 옛이야기다.

겨울, 역사유적을 찾는 문화탐방 프로그램으로 차茶를 그리는 초의선사의 정신을 좇아 전라남도 해남 대흥사의 일지암이라는 작은 암자를 찾아가기 위해 나섰다. 서울에서 야간열차로 광주에 도착한 건 이른 새벽녘, 그곳에서 나는 6시에 출발하는 해남행 버스를 타야 했다.

2시간 정도 시간이 남아 그동안 무얼 하나 주변을 둘러보니 역 광장 근처 포장마차가 눈에 들어왔다. 그 불빛에서 전해 오는 온기가 발길을 끌었다. 뿌연 김이 서린 희미한 전등 밑에 손님은 한 사람.

주인은 음식을 만들고 있고, 몸을 잔뜩 웅크린 채 앉아 있던 손님은 내가 들어서자 얼른 짐을 바닥에 내려놓으며 "앉으십시오, 춥습니다……" 하고 나직이 나를 반겼다. 내려놓은 짐은 어디서 본 듯한, 전쟁 때 의무병이 매던 낡은 군용 백인데 시멘트 포장지로 둘둘 말려 있는 연장 같은 것이 몇 개 꽂혀 있었다.

그의 직업이 짐작이 갔다. 모자가 달린 반코트를 입은 나를 주인이나 손님은 전혀 알아보지 못했다. 먼저 와 있던 손님이 두 손을 주머니에 넣고서 음식을 기다리는데 주인이 나를 보고 "무얼 드릴까요?" 물었다. 나는 언뜻 옆에 앉은 손님에게 '무엇을 시켰소?'라고 묻듯 쳐다봤다. 술은 시키지 않은 듯했다.

"소주 한 병하고 어묵 좀 주시죠. 해남 가는 버스가 6시라……."

아침부터 술 시키는 변명 차 중얼중얼 했더니 그 손님이 "해남 가시오? 저도 해남가는디" 하고 반색한다. 우리는 술동무가 되어 금세 소주 한 병을 비웠다.

"목수일도 하며 미장일도 하는디 겨울철에 일이 없어서 1년 만에 늙은 어머님도 뵈올 겸 내려왔지라."

"아이들 하고 부인도 보고 싶지 않으셨소?"

그는 대답 없이 술잔을 비우고 내게 권한다. '삶의 고달픔을 이해해 주십시오' 하는 표정으로. 1년 만에 내려오는 자신의 죄스러움을 굳이 말로 할 수 있겠느냐는 그의 침묵의 항의를 느끼는 사이 버스가 도착할 시간은 가까워졌다.

추위도 이길 겸 모자를 눌러쓰고 눈 붙이고 가면 되겠지 하는 생각으로 나는 의자에 몸을 기댔다. 내 곁에 앉은 그도 창밖으로 던진 시선을 좀처럼 내 쪽으로 돌리지 않은 채 자신의 상념에 빠져 있었고, 그렇게 우리가 말 없는 시간을 함께 보내고 있을 때 버스는 남으로 남으로 향하고 있었다.

잠시 들었던 잠이 깨어 창밖을 보니 세상은 온통 눈밭. 내리는 눈에 지척을 분간키 어려운 듯 버스는 뒤뚱뒤뚱 허둥거리며 길을 찾고 있었다.

"이제 거의 다 왔어라."

그는 아직도 생각에서 덜 깬 모습으로 말했다.

"그란디 눈이 많이 와서 차가 당기기가 어렵겠는디."

버스에서 내리면 대흥사까지 차를 또 타야 되는데, 눈이 와서 택시가 없단 말일 것이다. 남쪽 땅 끝이 가깝다는 해남. 이곳에도 이렇게 많은 눈이 오는가……. 실감할 수 없는 기분으로 우리는 해남에 도착했다. 짐을 챙겨 들고 버스에서 내려서는데 그가 내 앞을 막아서며 "선생님, 고마웠구만이라우. 다방에서 차라도 한 잔 대접하고 싶은디"라고 했다.

아마도 소주 값과 버스비를 내가 썼다는 이유에서일 거라 생각되어 눈을 털며 다방 안으로 들어섰다. 마담 아주머니가 "눈이 많이 오지요?" 하며 다정스럽게 맞았다. 눈을 털며 난로 옆으로 자리를 잡자 물 잔을 놓던 아주머니가 깜짝 놀라며 반색을 했다.

"아니 최불암 씨 아니신감. 워쩐 일루 이 새벽에 여기까지 오셨다요……."

그 소리에 길동무한 그에게 내 시선이 갈 수밖에 없었다. 그는 얼굴이 멍한 채 어이없다는 표정으로 웃었다.

"어쩐지 많이 듣던 목소리다……. 그러고만 있었지라."

떠들썩하고 수선스런 분위기 속에서 그는 커피 속에 든 계란을 스푼으로 저어 후룩후룩 마시고는 여러 차례 고개를 꾸벅이며 나를 못 알아본 미안함을 감추지 못했다.

'이이가 서울에서도 커피 두 잔 값을 선선히 쓸 수 있었을까' 싶어 만류하면서도 계산대에서 그의 고집을 꺾을 수 없었다. 밖으로 나오자 눈은 아까보다 더 세차게 내려앉고 있었다.

"여기서 집이 멉니까?"

"아니요. 요 근처랑께. 날 따라오시요잉."

그는 묵묵히 앞장을 서며, 내가 가야 할 곳에 발자국이라도 내주는 듯 성큼성큼 걷기 시작한다. 그를 따르며 택시라도 다니지 않을까 자꾸 뒤를 쳐다보는데, 그는 "택시는 생각도 마시라니께. 눈 땜시 못 나와부러. 나만 따라 오시요잉" 했다.

그가 만들어 놓은 발자국을 따라 걷다가 "됐습니다. 이제 그만 돌아가세요" 하고 말하기를 몇 차례. 그러나 그는 못 들은 척 뒤도 안 돌아보고 발자국을 더욱 더 크게 만들려고 눈을 쓸 듯이 걸었다. 뒤따르는 나를 위해 앞서 걷는 그의 뒷모습이 마치 커다란 산처럼 느껴졌다. 삶의 고단함을 모두 벗어 던진 개척자처럼 그는 온몸으로 눈을 맞으며 내 길을 열어 주고 있었다.

"이제 됐으니, 그만 돌아가세요. 어머니도 뵙고 아이들도 빨리 봐야지요."

그는 내 말에 아랑곳 않고 무거운 연장통으로 기울어지는 한쪽 어깨를 연신 치켜 올리면서 그저 묵묵히 걷기만 했다. 그렇게 걷기를 얼마였을까. 아홉 시가 조금 넘어서 대흥사 입구 표지판이 내 눈에 들어왔다. 여기서 작별을 할 요량으로 큰 소리로, "나 여기서 쉬었다 가겠으니 제발 이제 그만 가세요" 하고 외치며 그 자리에 주저앉는 시늉을 하니, 앞서 가던 그가 돌아서서 내 앞으로 왔다. 다가선 그의 얼굴은 땀인지 눈인지 범벅이 되어 있었고 양쪽 어깨는 눈으로 젖어 있었다. 그런 그가 참으로 정답게 보여 손수건을 꺼내 주니 받아서 코끝에 잠시 댔다가 오히려 내 이마에 맺힌 눈 녹은 물기를 닦아 주려고 했다.

그런 그를 바라보니 눈(目)물인지 눈(雪)물인지 나도 알 수 없는 것이 얼굴을 적셨다. 손수건을 얼른 받아 눈가를 닦았다. 그리고 등을 밀면서 말했다.

"어서 가세요. 어머니에게 내가 안부 드린다고 전하시고요."

한 걸음, 한 걸음 멀어져 흰색인지 회색인지 희미한 사람의 형체도 잘 보이지 않을 때까지 서로 손짓으로 밀어내듯 우리는 작별을 했다. 그렇게 그는 어둠 속으로, 눈 속으로 멀어졌다. 일지암에 도착하니 먼저 와 있던 촬영 스태프와 스님이 이 눈 속을 어떻게 뚫고 왔느냐며 반겼다.

큰 눈도 추위도 두렵지 않은 든든한 동행이 있었노라 나는 말했다. 그때, 일지암에서 언 몸을 녹이며 마시던 가슴 뜨거운 차 맛을 나는 지금도 잊지 못한다.

겨울, 대흥사 가는 길 그리고 동행. 그 추억은 시간이 흐른 지금에도 내 마음의 풍경으로 남아 지워지지 않는다. 그는 지금 어디서 무엇을 할까. 혹여 그도 그 겨울의 최불암을 기억할까. 다시 만나 소주 한잔 나눌 수 있었으면, 그 겨울처럼 또 동행이 되어 함께 길을 걸었으면……

세월은 가도 사람은 잊혀지지 않는다.

02

지금은
방송 중

Stand By, Q 스탠바이 큐

방송 준비 완료를 알리는 신호가 Stand By,
배우나 무대감독에게 다음 대사나 행위에
들어갈 때가 되었음을 알려 주는 사전 신호가 Q.
몸짓, 손짓, 통화 장치 등을 통해 지시를 전달한다.

……그 외에도 종기네 이수나, 쌍봉댁 이숙,
응삼이 박윤배, 명석 신명철, 귀동 이계인, 창수 이창환,
그리고 김 노인 역의 정대홍, 이 노인 역의 故 정태섭, 박 노인 역의 홍민우…….
일일이 다 열거할 수 없는 드러나지 않는 배우들과 스태프의
땀과 노력으로 〈전원일기〉는 생명력을 가질 수 있었다.
이들이 있어 나는 행복했다.

나, 최중락 그리고 수사반장

〈수사반장〉이 MBC를 통해 처음 전파를 탄 것은 1971년 3월 6일의 일이다. 1989년 10월 12일 880회로 종영되었으니 18년 7개월 동안 방송된 셈이다. 〈수사반장〉은 단순히 형사가 범인을 잡는 것에 그치지 않고 사회의 어두운 면과 사건 속에 드러난 인간의 애환까지 포착했기 때문에 시청자들의 공감을 얻은 듯하다.

〈수사반장〉에 처음 출연할 무렵 내 나이는 만 서른이었다. 지금으로 따지면 군대를 갔다 온 후 대학을 나와 대기업의 대리급 정도의 나이가 아닐까 싶다. 그 나이에 수사반장 역할이었으니 노련미와 관록이 부족한 모습이어서 머리에는 흰 칠을, 얼굴에는 주름을 만들어 넣기도 했다.

초기 〈수사반장〉의 제작에 자문을 해주던 분들은 내무부에서 소개받은 신가희 씨와 이철희 씨였다. 현장에서 시체를 감식하고 부검하는 데는 신가희 씨, 수사와 현장보존에는 이철희 씨가 최고 전문가로 통했다. 두 사람은 일제강점기 때부터 수사관 생활을 하다가 은퇴를 한 원로들이었는데, 당시 70줄에 들어선 노인들이었다.

그들은 〈수사반장〉이 강력범죄를 다루고 있기 때문에 여타 수사물과는 다르게 접근해야 한다고 조언했다.

"시체를 만지기 전에 우리들은 속으로 말하곤 했지. …… 너의 원한을 갚아 주마. 그렇지만 사실 범인은 바로 너다!"

"왜 시체에 혐의를 두어야 합니까?"

"스스로가 죽게 된 원인을 제공했기 때문이야. 사실 남에게 죽임을 당했다는 것은 상대방의 가슴에 못을 박았기 때문인 경우가 많거든. 돈 꿔달라는데 꿔주지 않았거나, 꿨는데 갚지 않았다거나, 또 남의 애인을 가로챘거나…… 그런저런 이유로 남의 마음을 아프게 했을 게 분명하거든. 수사관이라면 그런 마음가짐으로 조사를 해야 돼."

나는 그들의 말에 묘한 여운을 느끼곤 했다. 죽은 자와 죽게 한 자의 임계점에서 진실을 밝히는 자의 엄정한 태도를 본 듯도 하고, 〈수사반장〉이라는 드라마의 성격을 대변하는 듯도 했다.

얼마간의 시간이 지난 후 연로한 분들을 대신해 새로운 자문역이 투입되었다. 그가 바로 서울시경 강력계 주임이었던 최중락 전 총경이었다. 나보다 한 10년 정도 선배였는데 당시 그가 경찰대학 교육에 입교하면 우리 출연자들과 스태프들도 같이 입교해서 교육을 받았다. 그때 우리는 경찰대학에서 한동안 형법, 형사소송법 등을 수강함으로써 드라마의 전문성을 높여 나갔고 과학수사연구소에 가서 일주일씩 공부도 했다. 거기에 사격과 호신술, 사람을 포승하는 방법까지 배웠기에 의욕만큼은 일선 수사관에 뒤질 게 없었다.

설날 때였던가. 최중락 전 총경이 남산 밑의 공무원 아파트에 살고 있다는 말을 듣고 나를 비롯하여 김상순, 조경환, 여자 경찰 김영애 등 네 명이 과일을 사들고 댁을 방문한 적이 있었다. 그가 살던 아파트는 지금은 철거를 하여 사라졌는데 김구 선생 동상이 있는 곳에서 조금 더 올라간 경사진 언덕에 자리하고 있었다.

최중락 전 총경을 만나기 위해 스쳐 지나갔던 김구 선생 동상은 역사적 아이러니를 느끼게 하는 장소였다. 그 자리는 원래 이승만 대통령의 동상이 세워져 있던 곳이었다. 4·19 혁명 이후에 이승만 대통령의 동상을 허물고, 1968년 8월에 백범광장을 조성하면서 김구 선생의 동상이 세워진 것이다. 평생 김구 선생을 견제했다는 이승만 대통령은 사후에 김구 선생에게 밀려나는(?) 입장이 되고 만 것이다.

최중락 전 총경이 살고 있던 공무원 아파트에 들어서자 아주머니가 반갑게 맞아 주었다. 아파트는 형편없이 공간이 좁았다. 그 아파트도 직접 마련한 것이 아니라 당시 박정희 대통령이 청렴한 형사라고 하사한 것이었다.

집에 들어서니 좁다란 응접실이 있었고, 부부가 쓰는 방과 아이가 쓰는 방이 전부였다. 그때 나의 눈에 들어온 것이 월남에서 들여온 작은 냉장고와 낡은 풍금이었다. 자리에 앉자 아주머니께서 차라고 내온 것이 누런 보리 물이었다. 아주머니가 보리 물을 꺼내기 위해 냉장고를 열었을 때 나는 보고야 말았다. 냉장고에는 정말 아무것도 없었다. 다만 물병 외에는.

그때서야 나는 최중락 전 총경이 입고 있던 러닝셔츠에 좀이 슬어 구멍이 뻥뻥 뚫려 있다는 것도 알게 되었다. 나는 그가 가난하게 산다기보다는 청렴하게 산다는 생각을 했다.

"손님이 오셨는데 우리 보영이 피아노 좀 쳐봐라."

최 전 총경의 말이 떨어지자 여자 아이가 풍금으로 다가가 연주를 하기 시작했다. 풍금은 낡을 만큼 낡았다. 누가 보아도 딸아이를 위해 그가 어딘가에서 얻어온 것이 분명했다. 아주머니는 우리가 사온 과일을 내왔다. 서툴지만 마음 훈훈한 풍금소리가 방 안을 맴돌았다.

그때 몇몇 사람들이 집 안으로 들어섰다. 한눈에 보아도 전과자들이었다. 그들의 손에는 꾸깃꾸깃한 봉지가 들려 있었다. 그들이 자리를 잡고 앉아 내용물을 꺼내자 귤 세 개, 맥주 한 병, 담배 한 갑이 나왔다. 그때 내 가슴속에서 뜨거운 감정이 울컥치미는 것을 느꼈다.

"이분 진짜로구나……."

그렇게 아침 일찍부터 정오가 되는 시간까지 수십 명의 전과자들이 끊임없이 찾아오는 것을 보면서 짙은 감동을 느낄 수밖에 없었다.

최 전 총경은 공직을 떠난 이후에도 현역 못지않게 왕성한 활동을 했다. 아침 7시면 서울 시경에 찾아가 사건이 있으면 아낌없는 조언을 했다는 것이다. 또한 말년에 아주머니가 당뇨와 풍이 겹쳐 제대로 걸을 수조차 없게 되자 그 수발을 들기 위해 세상없어도 오후 7시에는 귀가했다는 말을 들었다. 이렇게 청렴하

1971년에 시작되어 1989년까지 방영된 〈수사반장〉.
한때 70퍼센트에 육박하는 놀라운 시청률을 기록하기도 했는데
두 번 방송이 중단된 적도 있었다. 한 번은 새 정부 출범 후
범죄 없는 사회가 되었으니 범죄 수사 프로도 없애야 한다는
정치적 논리에서였고, 또 한 번은 교사와 학생의 동성연애를 다룬 사건 때문이었다.
교육자의 위상을 실추시켰다고 국무회의에서
교육부 장관이 강력히 주장함으로써 중도 하차했으나
두 차례 다 시청자의 끈질긴 항의와 방영 요청으로 '생환' 하였다.

고 성실하신 분이 여생을 어떻게 보내실까 늘 근심스러웠는데 다행히 모 기업 계열의 보안업체에서 고문으로 모시고 있다는 사실을 전해 듣고 나는 그나마 안도할 수 있었다.

〈수사반장〉이라는 드라마 속의 역할을 하면서 나는 모든 수사관의 고충과 애로를 그 누구보다도 먼저 피부로 느끼면서 어느덧 경찰과는 심정적인 동료의식까지 갖게 되었다. 현대의 범죄는 대형화, 조직화, 지능화되고 있다. 범인들의 고도화된 수법을 능가하려면 경찰이 얼마만큼 노력해야 하며, 얼마만큼 희생이 뒤따라야 하는지 19년의 간접 경험을 통해 알게 되었던 것이다.

경찰은 팔방미인이 되어야 한다. 사건이 언제, 어디서, 왜, 누구에 의해서, 어떻게 일어날지 아무도 예기치 못한다. 그러한 막막한 상황에서 사건의 실마리를 잡고 해결하려면 한 치의 오차가 있어서도 안 된다. 자칫하면 사건이 정반대의 방향으로 흐를 수도 있기 때문에 정확한 판단력, 날렵한 행동, 깊은 사고력을 필요로 하는 것은 물론이다.

〈수사반장〉은 브라운관에서 내 위치를 확고하게 굳혀 주었고, 나는 경찰이라는 직업과 인연을 맺으면서 배우로 성장해 왔지만, 개인적으로도 〈수사반장〉을 통해 최중락 전 총경을 알게 된 것은 큰 행운이 아닐 수 없었다. 검소하고도 청렴한 생활과 강직한 품성을 지닌 데다 세상을 향한 따뜻한 시선을 잃지 않는 그를 볼 때마다 나는 새삼 세상 사는 맛을 느꼈다.

지금도 최중락 전 총경과는 한 달에 한 번씩 만난다. 수사반장 팀원들과 함께 만든 '반장네 가족모임'을 통해서다. 무슨 일이건 그가 부르면 한걸음에 달려가고, 그 또한 내가 무슨 말을 해도 두말없이 믿어 주는 그런 관계다.

　얼마 전, 최 전 총경이 〈우리들의 영원한 수사반장〉이라는 제목으로 회고록을 발간했다는 소식을 들었다. 참 반가운 소식이었다. 내 인생의 영원한 '수사반장', 그는 바로 최중락 전 총경이다.

열린 사회와
그 적들

새벽에 전화벨이 울렸다. 한파가 몰아치는 어느 겨울이었다. 비몽사몽 간에 나는 전화를 받았다.

"큰 사건이 터졌어. 지금 당장 모두 나와서 사건 현장을 봐야 돼. 빨리 나와!"

최중락 반장이 전화를 걸어왔다. 한밤중에라도 사건이 터지면 그가 전화를 걸어 사건 현장으로 달려 나오라는 게 한두 번이 아니었기 때문에 특별한 일도 아니었다. 나는 전화를 끊고 시계를 보았다. 이미 새벽 3시를 넘고 있었다. 나는 그때 경찰의 배려로 차에 사이렌을 가지고 다녔다. 몇몇 후배들에게 연락을 취한 다음 나는 사이렌을 울리며 한파가 몰아치는 강남의 사건 현장으로 달려갔다.

강남의 한 아파트 현장에 도착한 시각은 새벽 4시쯤이었다. 주변은 아직 어두웠고 얼음덩어리가 아파트 1층 베란다 밑에 놓여 있었다. 나는 다가가 자세히 살폈다. 그것은 얼음덩어리가 아니라 물체를 덮고 있는 비닐이었다. 비닐을 벗겨 보니 소년이 죽어 있었다. 소년의 얼굴에는 눈물과 콧물이 서리처럼 뽀얗게 엉켜 있었고, 몸을 웅크린 채 굳어 있었다.

당시의 상황은 이랬다. 성남시의 어느 고아원에서 한 어린이가 추위와 배고픔을 이기지 못해 탈출을 했다. 그 아이는 당시 신개발지였던 강남의 아파트에 이르렀고, 춥고 배가 고파 아파트로 들어가려고 했는데 경비가 쫓아냈다는 것이다. 그래서 아파트 안으로는 들어가지 못하고 1층 베란다 밑에서 얼어 죽은 것이었다.

나는 눈물이 핑 돌면서 분노가 치밀어 오르기 시작했다.

"아, 어린애 울음소리라도 들었을 거 아니요."

반장이 그렇게 집주인에게 물었다. 그의 말에 따르면 밤에 애 우는 소리가 나긴 했는데 우리 집에는 우는 아이가 없으니까 다른 집 아이가 우는구나 싶어 밖을 내다보지도 않았다는 것이다. 아파트 경비가 눈에 들어오자 나는 발길질을 해버리고 싶을 정도로 분노가 치솟았다.

"애가 추워서 들어온 걸 알아야지. 그냥 내쫓으면 돼? 나쁜 인간이구만, 이 XX."

사회가 얼마나 비정한 것인지 그때 느꼈다. 그리고 죽은 아이를 싸놓은 비닐을 보면서도 가슴이 아팠다. 설령 잘못을 저질렀어도 사람이 죽으면 가마니라도 덮어 주는 게 우리네 인정이었다. 아파트에 수백 가구가 살면서도 얼어 죽은 아이에게 담요 한 장 덮어 주는 사람이 없었던 것이다. 나는 화가 치밀어 올라 어찌할 바를 몰랐다. 그 아파트에서 아이들을 키우는 모든 부모들을 끌어다가 얼어 죽은 아이의 처참한 모습을 보여 주고 싶었다. 보이지 않는 사회의 적들에게 발길질을 해대고 싶었다.

지금도 그때를 생각하면 피가 거꾸로 솟는다. 당시 방영된 드라마의 80퍼센트 이상은 이런 현실과 연관이 있었다.

그런가 하면 이런 내용도 있었다. 어느 집에서 아기의 백일잔치가 열렸다. 아기의 아빠는 그날 밤 손님들이 권하는 축하 술에 취해 인사불성이 되고 말았다. 손님들이 모두 떠나고 통금이 임박한 시간에 아기가 불덩어리가 되더니 경기를 하며 울기 시작했다. 젊은 새댁은 아기의 아빠를 깨웠으나 꼼짝도 하지 않았다. 급한 마음에 새댁은 아래층으로 내려가 차를 가지고 있는 3층 아저씨에게 사정했다.

"아저씨, 우리 아기가 위독해요. 죄송하지만 병원까지만 차로 태워 주세요."

그러나 그는 통금시간이 되어 태워다 줄 수 없다고 매정하게 거절했다. 때문에 새댁은 아기를 둘러업고 병원으로 달려갔으나 아기는 이미 숨져 있었다. 그 충격으로 아기의 엄마는 정신이상을 보여 가끔 3층으로 내려와 눈물을 흘리며 훌쩍이곤 했다는 것이다.

그런데 그 후 밤이면 밤마다 3층의 유리창이 깨지는 일이 발생하기 시작했다. 형사들은 신고를 받고 범인을 잡기 위해 잠복근무에 들어갔다. 그러나 막상 범인을 잡고 보니 정신이상을 보이고 있는 새댁이 아니라 어이없게도 동네 꼬마들이었다. 누가 시키지도 않았는데 꼬마들은 3층 아저씨가 미워서 밤마다 돌을 던졌던 것이었다.

드라마에서 나는 철없는 아이들의 대답을 듣고는 한 아이를 품에 안는 장면을 연출했다. 어른들보다 더 용감하고 의로웠던 아이들의 행동이 그렇게 통쾌할 수가 없었다.

그뿐인가. 가정형편이 어려웠던 중학교 여학생이 등록금을 뺏기지 않으려고 반항하다가 죽임을 당한 사건이 발생했다. 사정을 알아보려고 우리들은 경찰들과 함께 출동했다. 그러나 어이없게도 여학생이 강도에게 죽임을 당한 장소는 양쪽으로 상점이 길게 들어선 시장 한복판이었다. 나중에 알려진 바에 따르면 여학생의 어머니는 행상을 하며 어렵게 등록금을 마련해 줬던 모양이었다. 강도들이 가방을 빼앗자 여학생은 한 범인의 다리를 붙잡고 늘어졌다고 한다. 소녀는 강도에게 30미터를 끌려가면서도 심하게 반항했고, 결국 강도의 칼부림에 숨지고 말았다.

그런데 현장에 그 많은 사람들이 있었으면서도 목격자 진술을 해달라니까 아무도 그 현장을 봤다는 사람이 없었다. 시장 사람들은 보복이 두렵기도 할 뿐더러 경찰서에 가서 진술하는 일 자체가 귀찮았던 것이다.

최중락 전 총경이 실제 겪었다는 얘기도 오래 기억에 남는다.

최 전 총경이 대구에 있을 때의 일이다. 어떤 대학생이 등산을 하다가 실족을 해서 피투성이가 된 모양이었다. 그래서 동행했던 학생들이 실족한 학생을 업고 뛰어내려 오는데 마침 고급 승용차인 벤츠를 옆에 세워 두고 식사를 하는 가족이 눈에 들어왔다고 했다.

"이 친구가 지금 다쳤는데요, 저 아래 병원까지만 실어다 줬으면 좋겠습니다."

그렇게 학생들이 부탁을 했다고 한다.

"밥 먹고 있는데 어떻게 실어다 줘. 안 돼."

사장쯤으로 보이는 사내는 태연스럽게 음료수를 마시면서 그렇게 말하더란 것이었다. 기사의 무정한 행동도 어이가 없었다. 결국 실족한 학생은 이동하는 동안은 숨은 쉬고 있었는데 피를 너무 흘려 병원에 도착하자마자 숨지고 말았다고 했다.

경찰서에서 학생들의 진술을 들은 최 전 총경은 화가 치밀어 올라 대구를 이 잡듯이 뒤져 벤츠의 소유자를 찾기 시작했다. 대구가 넓기는 했지만 그는 그날 그곳에 앉아 있던 사람들을 기어이 찾아내고야 말았다. 조금만 일찍 내려왔어도 그 학생은 살았을 거라는 의사의 말이 바늘 끝이 되어 악착같이 찾아낸 것이었다. 그러나 경찰도 어쩔 수가 없는 노릇이었다. 양심적으로는 죄가 있어 지탄을 받을지언정 법률적으로 문제를 삼을 수가 없었기 때문이었다.

1970년대 초 경찰의 이미지는 그리 좋지는 않았다. 일제강점기의 악랄한 순사나 이승만 정권의 하수인 그리고 제3공화국 시절의 정치편향적인 이미지가 남아 있었기 때문이었다. 군림하는 경찰, 위압적인 경찰에서 시민을 위한 경찰로 거듭난 것은 무엇보다 경찰 스스로의 노력이 선행되었기 때문에 가능한 일이었다. 〈수사반장〉이 경찰에 대한 시민들의 인식 개선에 일조했기를 바라는 것은 물론 우리의 바람이다. 우리 사회를 교란하는 적들은 이웃의 아픔에 무관심한 우리들의 가슴속에 여전히 숨어 있을지 모르지만.

범인과
눈이
마주쳤을 때

　반면교사反面敎師랄까. 〈수사반장〉에 출연하면서 세상 이치를 깨달은 게 한두 가지가 아니다. 1970년대와 1980년대의 가정집을 살펴보면 담장에 깨진 유리를 박거나 철조망을 두른 집이 많았다. 그런데 당시 드라마 극본이나 도둑들의 말을 직접 들어보면, 그들은 담장이 높거나 장애물을 설치한 집들을 오히려 범행 대상으로 삼았다고 한다. 뭔가 숨겨 놓은 것이 있기 때문이라는 것이다. 유리나 철조망을 두른 담장은 담요 한 장만 있으면 아무런 어려움 없이 들어갈 수 있다고도 했다.

　또한 도둑이나 강도들은 현관문에 신발이 무질서하게 널려 있으면 거침없이 들어가고, 신발이 잘 정돈되어 있으면 들어가지 않는다고 한다. 신발이 잘 정돈되어 있는 집은 돈이나 재산이 될 만한 것들을 찾기 어려운 곳에 잘 정돈해 두기 마련이어서 주인을 윽박질러 봐야 별로 나올 게 없다는 것이다. 반대로 신발이 아무렇게나 널려 있는 집은 쑥 들어가서 자고 있는 주인을 발로 걷어차며 돈을 내놓으라고 하면 어디서든 돈을 마련해 온다는 것이다.

강도들이 집에 들이닥쳤을 때 범인과 눈을 마주치는 것은 자살행위에 가깝다는 것이 경찰이나 범인들의 일치하는 진술이다. 범인은 자신의 얼굴이 집주인에게 노출되면 자신이 잡힌다고 판단하기 때문에 반드시 위해를 가한다는 것이다. 범인에게 얻어맞더라도 이불을 뒤집어쓰고 있어야 하고, 여의치 않을 경우 엎드려서 그냥 가져갈 거 있으면 어디 있는지 순순히 알려주는 게 상책이라는 것이다.

〈수사반장〉이 시작된 1971년 3월에만 해도 텔레비전이 귀하던 시절이었다. 자료를 살펴보니 1971년 12월까지 우리나라에는 TV 수상기가 616,392대가 있었다고 한다. 1970년의 통계청 자료를 살펴보면 총인구가 30,882,386명이었고, 총가구수는 5,863,440가구였다. 그렇다면 어림잡아도 텔레비전은 인구 50명에 1대, 10가구에 1대가 보급된 상황이었다.

〈수사반장〉의 초대 연출자는 허규 씨였다. 장기간 방영되다 보니 연출자들도 많이 거쳐 갔는데 초대 〈전원일기〉 연출자인 이연헌, 드라마 〈영웅시대〉를 연출했던 소원영, 〈대장금〉의 이병훈을 비롯하여 강병문, 표재순, 김종학 등 쟁쟁한 연출자들이 거의 모두 〈수사반장〉을 거쳐 갔다고 해도 과언이 아니다. 그중에서 고석만 씨가 연출을 맡았던 기간이 가장 시청률이 높았던 것 같다. 배우와 제작진들 간에 호흡도 잘 맞아서 일사불란하고 신속하게 촬영했던 기억이 난다. 고석만 PD는 특히 사회의 구조적인 비리 문제를 해결하려고 애를 많이 썼던 사람이다. 당시는 방송국이 청와대의 눈치를 많이 볼 수밖에 없는 시절이었는데, 고석만 PD의 경우 청와대나 문공부 같은 곳에 가장 용기 있게 맞선 사람이었다.

〈수사반장〉에는 작가도 많이 거쳐 갔다. 윤대성, 김상렬, 김남, 이홍구 등 30명 가까운 당대의 작가들이 제 나름의 개성을 불어넣었다. 〈전원일기〉를 거쳐 간 작가가 15명 내외였던 걸 보면 〈수사반장〉에 얼마나 많은 공을 기울였는지 알 수 있다. 그중 극작가 윤대성 씨가 가장 오랜 기간 집필했고, 김남 씨도 그 뒤를 따랐다.

〈수사반장〉을 거쳐 간 배우들의 뒷얘기도 끝이 없다. 중복 출연이 많았던 관계로 범인으로 나왔던 인물이 나중에는 경찰로도 나왔고, 그 반대의 경우도 있었다. 〈113 수사본부〉로 유명했던 배우 전운 씨의 경우 나의 상사로 출연하기도 했는데, 그전에는 공사장의 인부로 출연하여 복권 때문에 친구를 살해하고 수사팀에 체포되어 사형을 받는 인물로 등장하기도 했다. '순돌이 아빠' 임현식 씨의 경우 〈수사반장〉의 초대 범인이었다가 나중에는 부산에서 서울로 범인을 쫓아온 형사 역할로 깜짝 출연해 주목을 끌기도 했다.

내 기억에 〈수사반장〉에서 가장 충격적인 연기 변신을 했던 인물은 김혜자 씨였다. 난생 처음 악역을 맡은 김혜자 씨는 300회 특집이었던 '남편은 화물, 아내는 화주' 편에서 무능한 남편을 질타하는 아내 역할을 맡았다. 그녀는 고속버스의 현금을 강탈하는 부부사기단으로 나왔는데 당시 브라운관을 통해 지켜본 시청자들은 큰 충격을 받았다. 그동안 김혜자 씨가 한국적인 여인과 어머니의 상을 심어 주었다는 점을 감안하면 실로 놀라운 변신이 아닐 수 없었다. 어쨌거나, 1980년대 후반부터는 연기자에게 범인 역의 출연 요청이 점차 어려워졌다. 출연할 배우들의 자녀들도 제법 컸기 때문이었다. 아이들이 부모가 범인으로 나오는 것에 노골적으로 싫은 내색을 했던 것이다.

〈수사반장〉의 시그널 주제곡을 들으면 지금도 가슴이 두근거린다. 그 시그널은 피아니스트 겸 작곡가 윤영남이 작곡했고, 타악기의 거장 류복성이 연주했다. 한창때에는 시청률이 70퍼센트를 기록하기도 했지만 그렇다고 〈수사반장〉이 처음부터 인기를 끌었던 것은 결코 아니었다.

〈수사반장〉은 1970년대 당시 사회 문제를 소재로 다루는 것이라 사실 제작진은 여러 가지 제약이 따를 것이라고 걱정을 많이 했다. 무엇보다 민영방송에서 제작하는 프로그램이니 우선 광고가 붙어야 했는데 사정이 여의치 않았다. 한 3개월쯤 방송이 나갔는데도 성과가 없어 배우를 비롯한 제작진이 직접 나서서 광고 섭외까지 맡았다. 처음에는 내무부에서 소개를 해주어 주로 제약회사 등을 돌아다녔다. 나중에는 치안본부장이 한 회사에 전화를 해주면 수사과장하고 같이 찾아가서 한 1년만 광고를 붙여 달라고 애걸하다시피 했다. 그러나 6개월쯤 방송이 나가고 인기를 얻기 시작하자 그럴 필요가 없어졌다.

〈수사반장〉 방영 당시 촬영 여건은 열악했지만 시청자들의 반응은 뜨거웠다. 일요일 7시쯤이 되면 택시 잡기가 어려울 정도였다. 택시 기사들이 〈수사반장〉 방영 시간에 맞추어 밥을 먹었기 때문이었다. 심지어는 대통령조차도 〈수사반장〉을 통해 서민들의 애환을 살폈다. 〈수사반장〉은 수사실화극이니까 거짓이 있을 수 없다는 판단도 한몫한 것 같다.

〈수사반장〉이 인기를 끌자 전과자들로부터 민원이 쏟아져 들어왔다. 당시 최중락 총경이 전과자들에게 도움을 많이 주었던 것으로 기억한다. 그는 사재를 털어 리어카를 사주고, 취직을 시켜 주는 등 힘을 다해서 전과자들을 도왔다.

그런 〈수사반장〉도 한 3개월 정도 방영을 못한 때가 있었다. 한번은 여선생과 여제자 사이의 동성애를 다룬 적이 있었다. 그러자 전국의 교사들은 〈수사반장〉이 교사들의 위상을 꺾고 부도덕한 사람으로 만들어 놓았다고 당시 문교부 장관한테 진정서를 냈던 모양이다. 그때 문교부 장관은 김옥길 씨였는데, 장관이 국무회의에서 대통령에게 보고를 했고, 대통령이 좀 고려해 보라고 말하자 내무부에서 방영을 금지시켰다. 그러나 국민들이 빗발치게 항의를 해서 다시 방영을 하기 시작했다.

6개월 정도 방영을 못한 때도 있었다. 전두환 정권 당시 방송사 사장이 새로 취임해서 〈수사반장〉, 〈113 수사본부〉, 〈암행어사〉 등의 프로그램을 모두 없앴는데 그 이유가 새로운 대통령이 들어서면서 이제 암행할 일도 없고, 안보도 튼튼해졌으며, 국민을 수사할 필요도 없으니 없애 버린다는 것이 정설로 통했다. 쉽게 말해 위에 아부하기 위한 것이었다. 그러나 역시 국민들이 아우성치자 방영을 재개할 수밖에 없었다. 그만큼 TV의 영향력이 대단했다고 볼 수 있다.

어쨌거나 1970년대와 1980년대 우리나라의 범죄는 대개가 우발범죄 아니면 원한범죄였다. 특히 남에게 상처를 준 사람은 반드시 죽게 되어 있다는 것이 수사관들의 범죄 철학이었는데 그렇기 때문에 더욱 용서나 화해 같은 것이 필요하다고 느꼈다. 그리고 모든 것이 싸움이나 대결에서 생기는 것이기 때문에 이런 내부적인 요인들을 없애야 한다는 생각이 간절했다.

이쯤에서 도움이 되는 여담 한 가지. 요즘은 인터넷이 발달하여 은행 거래를 컴퓨터로 하는 세상이다. 하지만 1970년대 당시에는 현금 송금 외엔 다른 방법이 없었다. 해서 은행 주변의 강, 절도가 빈발했는데, 당시 경찰이나 강도들의 말은 한결같다. 돈을 찾아 은행 문을 나서기 전에 주로 넥타이를 매고 신문을 보는 척하며 주변을 살피는 사람이면 범인일 가능성이 높다는 것인데 그들과 과감하게 눈을 마주치라는 것이다. 돈을 찾지 않은 것처럼 범인들의 눈길을 피하거나 몸을 움츠리면 여지없이 빼앗긴다는 것이고, 과감히 그들과 눈길을 마주치면 쫓아오지 못한다는 것이다.

이것은 버스 안에서 여자나 노인의 손가락에 끼어 있는 금가락지를 빼내는 원리와 같다고 설명한다. 범인은 우선 훔치고 싶은 금가락지가 있으면 그 금가락지를 뚫어져라 쳐다본다고 한다. 보통 사람들은 자신의 금가락지를 노려보면 빼앗으려는 것으로 알고 슬그머니 반지를 손가락에서 빼서 주머니에 넣는다고 한다. 그런데 손가락에 끼고 있으면 훔쳐 갈 도리가 없지만, 그 반지를 주머니 속에 숨기면 이미 빼앗긴 거나 진배없다는 것이다.

폐쇄되고 사적인 공간에서 도둑을 만났을 때는 눈을 마주치지 않는 것이 범인을 위해서나 피해자를 위해서 상생의 길인 반면, 공공장소에서는 오히려 범인으로 짐작되는 인물이 있으면 눈길을 피하지 말고 당당하게 이겨 내란 얘기이니, 범인을 대하는 방법도 때와 장소에 따라서 다르다는 말씀.

육영수 여사와
담배

　〈수사반장〉이 방영되기 시작한 초반에 나는 반장으로서 세
개의 외형적 콘셉트를 내세웠다. 첫째는 트렌치 코트(일명 '버버
리 코트')였고, 둘째는 극의 마지막에 등장하는 하얀 손수건 그
리고 셋째는 담배 네 개비였다. 이 세 가지 소품 겸 콘셉트는 내
가 직접 생각해 낸 것이었다.

　트렌치 코트는 당시 형사들이 많이 입고 다녔기 때문에 남대
문시장에서 내가 직접 구입했다. 한때 사회적으로 〈수사반장〉이
〈형사 콜롬보〉를 모방했다고 지적하는 일이 많았다. 특히 코트
를 예로 들면서 문제를 삼은 기사가 한 일간지에 실렸었다. 그
러나 그것은 터무니없는 얘기였다. 〈수사반장〉은 1971년에 시
작했고, 내 기억이 맞다면 〈형사 콜롬보〉가 국내에 처음 소개된
것은 1976년이었다. 그러니 흉내를 내고 싶어도 낼 수 없는 일
이었다.

　"내가 어떻게 수사반장보다 몇 년 뒤에 시작한 형사 콜롬보

흉내를 낼 수 있습니까?"

나는 당장 그 신문사로 찾아가 따져 물었다. 논설실에서는 잘 못했다고 내게 사과했지만, 그러나 글 쓴 사람은 끝내 나타나지 않았다.

하얀 손수건은 범인을 용서하고 맑은 심성으로 돌아간다는 메시지를 전달하기 위해 손을 닦을 때나 땀을 훔칠 때 극 마지막 부분에서 꺼냈다.

담배는 극의 도입부에 한 개비를 피웠고, 사건이 풀리지 않거나 범인이 잡히지 않을 때 또 한 개비를 피웠다. 세 번째는 범인을 체포했을 때 그리고 마지막 담배는 범행동기 등이 밝혀지고 수사가 완결되었을 때 피웠다. 말하자면 상황 전환용인 셈이었다. 당시 담배를 피우는 장면은 영화나 연극을 가릴 것 없이 활용되곤 했다.

1972년의 어느 날, 〈수사반장〉을 보고 저녁을 먹으려고 준비를 하고 있었는데 전화벨이 울렸다. 아내는 매우 공손한 태도로 전화를 받더니만 나에게 부속실이라고 하며 전화를 바꿔 주었다. 당시 청와대 부속실은 대통령의 가족과 관련된 일이나 사적인 일을 처리하는 곳이었다. 나는 부속실이 뭘 하는 곳인지도 모르고 전화를 받아 들었다.

"부속실입니다. 잠깐 기다리십시오."

"네, 뭐라고요?"

잠시 침묵이 흐른다 싶더니 여자의 목소리가 들렸다.

"저, 육영수예요. 안녕하셨어요, 최불암 씨?"

나는 나도 모르게 자리에서 벌떡 일어났다. 곧이어 육영수 여사의 말이 계속 이어졌다.

"담배를 많이 태우시네요."

"네, 드라마 상황 전환용으로 넉 대를 설정했습니다."

나는 그렇게 대답했다.

"아주 많이 태우시네요. 저 양반도 그렇게 한 50분 사이에 넉 대를 태우세요. 저 양반 피우는 건 아무 상관이 없어요. 온 국민이 전부 따라서 담배를 피울 거 아닙니까? 국민의 건강이 염려가 돼요. 담배 피우는 장면을 조금 줄이면 어떨까요?"

육영수 여사가 지칭한 '저 양반'은 당연히 박정희 대통령이었다. 대통령이 〈수사반장〉을 눈여겨본다는 것도 놀라웠지만 나를 따라서 담배를 넉 대나 피운다는 것도 놀라운 일이었다. 더욱이 '온 국민이 전부 따라서 담배를 피울 거 아닙니까?' 라는 육영수 여사의 말은 나의 가슴을 후려쳤다. 사실 이때 받은 육영수 여사의 전화는 내게 평생 교훈이 됐다. 내가 나쁜 행위를 하면 국민들도 따라서 한다는 것은 무섭고도 두려운 제약일 수밖에 없었다.

육영수 여사의 전화 한 통은 통치자의 태도가 얼마나 중요한가도 일깨워 주었다. 강압과 위압이 아닌 설득과 논리로 금연을 권유한 영부인의 태도에 나는 감동을 받았다.

이 이야기를 하다 보니 자연스럽게 요즈음의 세태가 오버랩된다. 앞과 뒤, 겉과 속이 뒤집어졌다면 지나친 표현일까? 방송에서는 이제 더 이상 한국인의 건전한 인간성을 다루지 않는다. 잘생긴 남자와 예쁜 여자들이 연애하는 얘기, 자극적이고 비윤리적인 소재가 아니면 시청률이 올라가지 않는 세상이 되어 버

금연 열풍으로 TV에서 담배 피우는 장면이 거의 사라졌다.
하지만 1960~90년대에는 드라마 속에 담배 연기가 자욱했다.
때로 구구절절한 대사보다 한 모금 담배 연기가 사랑과 증오, 분노 그리고
안타까움을 리얼하게 표현해 주었던 것이다.

렸다니 달리 할 말도 없다. 통치자라는 사람이 며느리가 시어머니의 뺨을 때리는 드라마를 보고 '이거 잘 보고 있습니다' 라고 얘기하는 세상이다. 어떻게 자식이 부모 뺨 때리는 드라마를 재미있다고 얘기할 수 있는지 나로서는 도무지 이해할 수가 없다. 통치자가 텔레비전 드라마에 관여할 시대도 아니지만 지난날의 누군가처럼 마음만은, 태도만은 건전했으면 하는 바람이다.

육영수 여사의 전화 한 통 이후로 〈수사반장〉에서 박 반장의 흡연 장면은 사라졌다. 당시 육영수 여사가 금연을 선구적으로 행했다는 생각도 든다.

어쨌든 지금의 나는 5년째 금연을 하고 있다. 한 텔레비전 프로그램에서 내게 금연할 것을 권유하는 내용이 있었는데 그러겠노라 무심결에 말했던 것이 화근(?)이 됐다. 어느 날 술자리에서 담배를 피우고 있었는데 나를 알아본 신사 한 분이 금연을 하겠다고 약속하지 않았느냐고 정색하며 물었다.

정황은 이랬다. 2002년, 금연운동이 한창이었을 때 〈좋은 나라 운동본부〉에서 사회자 임백천이 '학생들은 물론이고 선생님들도 금연을 시작했습니다. 본부장님도 이제 담배 끊으셔야죠?' 라고 질문을 해왔는데, 그때 나는 별 생각 없이 '네' 라고 대답을 했다. 그 기억을 우연한 술자리에서 낯선 노신사의 항의(?)를 받고서야 다시 떠올린 것이다. 나는 당장 담배를 재떨이에 비벼 끄며 신사에게 진심으로 사과했다. 다시는 브라운관에서 거짓말하지 않겠다는 말을 덧붙이면서.

스타의
결혼

　오래전의 일이다. 결혼을 하겠다는 후배 연기자가 눈물을 글썽이며 이제 방송국 가족이나 브라운관과 이별할 때가 왔다기에 이제 연기생활은 그만둘 작정이냐고 물어봤다.

　그랬더니 시댁과 남편 될 사람이 한목소리로 연기생활을 그만두고 가정에만 충실해 달라고 해서 그리 하기로 했다는 대답이었다.

　시부모님과 함께 생활을 하면서 남편의 뒷바라지를 하는 처지에서 연기를 계속할 경우 실제 가정생활은 감당해 내기 어려울 것이라는 생각도 해봤다. 그러나 한편으로는 신랑과 그 가족들이 TV 화면을 통해 신부감을 알게 됐고 또 사람 됨됨이나 학벌이 마음에 들어 혼사에까지 이르게 됐다면 하루아침에 연기생활을 그만둘 필요가 있을까 하는 의문도 들었다. 어렸을 때부터 재능을 인정받아 그 부모가 전문적인 공부를 시켰고 본인도 자기가 목적한 연기자의 길을 걸어 오늘의 자신을 창조해 온 것이 사뭇 아깝지 않은가. 혼기도 아랑곳없이 시청자들과 더불어 웃고 울면서 걸어온 외길이었을 테니 비록 후배의 일이지만 더욱 안타까운 생각을 지울 수 없었다.

우리는 물론 예전의 불우했던 유랑극단의 하루살이 연기자가 아니다. 전문직 연기인으로 평범한 사람들의 정서 순화에 일조하고 또 그렇게 작업에 임하는 것을 사명으로 알고 살아온 우리들이다. 한 가정의 행복이 꽃피는 것에서 밝은 사회가 이루어지고 그 위에 굳건한 국가의 터전이 다져진다는 것은 상식이다. 그러나 그 꽃과 행복을 '우리'가 아닌 '나'나 '내 집'만이 독점해야겠다는 생각은 지나친 에고ego로 느껴진다. 온 세상과 함께 희로애락을 나누어야 할 사람이 한 가정의 일원으로만 역할이 한정된다면 그 또한 안타까운 일이다.

원숙한 경지의 연기를 펼치는 연기자의 이면에는 피나는 아픔과 노력 그리고 수많은 스승과 선배들의 격려의 채찍이 스며 있다. 하지만 어렵고 먼길을 걸어왔으면서도 대중과 함께 호흡하고 대중의 가슴속에 살아남았기에 결코 외롭지 않다. 인위적인 제약으로 한순간 사라지지 않고 오래오래 대중들과 희로애락을 함께하는 문화예술계의 풍토가 다져지길 바라는 마음이다.

아,
김호정과 남성훈

〈수사반장〉에 등장했던 인물들은 셀 수 없이 많지만 크게 세부류다. 첫째는 형사, 둘째는 범인, 셋째는 피해자를 비롯한 주변 인물. 세상 이치를 따지면 이중 가장 억울한 사람은 피해자다. 사기를 당했거나, 돈과 물건을 빼앗겼거나, 상처를 입었거나, 심한 경우 죽임을 당했기 때문이다.

그러나 수사드라마라는 성격상 범인을 잡는 형사들이 주목을받았다. 먼저 김상순. 겪어 봐서 알지만 그는 참 순진한 사람이다. 어린 시절, 화장실을 통해 계림극장에 들어가 몰래 영화를보다가 사람들에게 끌려 나올 때도 시선만은 스크린에 고정시켰다는 일화는 그가 얼마나 영화와 드라마를 순수하게 좋아했는가를 짐작케 한다. 연륜과 더불어 그의 연기가 중후해져 마음든든하다.

조경환은 여러 면에서 나와 비슷한 환경에서 자랐다. 술장사하는 홀어머니 밑에서 자란 성장 과정이 나와 같아서 그런지 사고방식조차 나와 흡사한 사람이다. 그런 그가 나와 다른 것은 총명한 두뇌를 가졌다는 점이다. 사람 이름이나 숫자를 외우는 감각이 둔한 나와 달리 그는 기억력이 비상하다. 대사연습을 하거나 대화를 나눌 때 내가 이름이나 연도 때문에 전전긍긍하면 그가 지체 없이 정확한 답을 댄다.

김영애는 워낙 성격이 깔끔하고 연기력이 탁월한 사람인데 얼마 전부터는 작지 않은 규모의 사업체를 경영하는 숨겨 둔 재능까지 발휘하고 있다. 〈수사반장〉의 여자 경찰 캐릭터는 주로 남성 연기자를 보조하는 역할을 했는데 이휘향, 오미희, 노경주, 염복순 같은 이들과 함께 김영애는 천생 배우의 모습을 우리에게 심어 주었다.

〈수사반장〉에서 범인 역을 많이 했던 동료들을 생각할 때 나는 무엇보다도 가슴 뿌듯함을 느낀다. 변희봉, 임현식, 이계인, 조형기 같은 배우들은 한 사람 예외 없이 각고의 노력을 통해 오늘날 연기의 일가를 이루었다. 변희봉은 연기 욕심이 많은 만큼 연구를 많이 한다. 깊이 있는 공부가 밑받침된 풍자가 일품이라고 감히 그의 연기를 평하고 싶다.

예나 지금이나 마음 착한 배우 임현식은 배가 고파서 빵을 훔친 잡범을 주로 맡았다. 그가 몇 년 전 어머니를 잃고, 더군다나 암으로 아내를 잃어 외로움이 깊을까 걱정이 된다. 최근에 그의 딸 결혼식에 내가 주례를 맡아 격세지감을 느꼈다.

이계인은 외로움을 많이 타고 자기표현을 많이 하지만, 의로운 사람이다. 그가 연기생활 30년 만에 팬 미팅을 가졌다는 소식은 나를 감격하게 만들었다. 그는 〈수사반장〉 출연자 모임에서 '강력범 대표'를 맡고 있기도 한데 자신이 말했던 것처럼 출연을 하는 동안 사형 30회, 무기징역 20회 이상을 선고받아 본의 아니게 '초절정 범죄자'가 돼버렸다.

그리고 이대근, 박상조, 홍성민 등도 기억에 남는 사람들이다. 한국적 체취가 굉장히 강한 배우 이대근은 상업 영화의 특정 이미지가 너무 강해서 한동안 안방극장에 모습이 뜸했던 것이 아쉬웠다. 박상조도 세상 밑바닥을 많이 아는 배우이다. 어떤 범인의 배역이 주어져도 너무 능숙하게 소화해서 오히려 걱정이라면 걱정이었다.

배우 홍성민을 떠올릴 때면 마음이 무겁고 숙연해진다. 그도 범인 역할을 많이 했다. 그는 당뇨를 지병으로만 여기고 크게 신경을 쓰지 않다가 2000년부터 시력이 약해졌고, 결국 지금은 완전히 시력을 잃고 말았다. 그러나 그는 시각장애인이 되었음에도 불구하고 힘차게 연극무대에 서면서 재활의 의지를 불태우고 있다. 얼마 전 그의 딸 혼례식에서 그를 만났다. 앞이 보이지 않는 그에게 말로 인사를 했더니 반색을 하는데 신수가 좋아서 깜짝 놀랐다. 내 목소리를 듣고 주변에 있던 시각 장애인들이 네 명인가 모여서 '홍사모'라고 하며 인사를 청하는데 가슴이 아렸다.

〈수사반장〉 초기에 출연한 배우 중에 서 형사 역을 맡았던 김호정을 기억하는 사람들은 의외로 많지 않다. 방송용어 중에서 랩 디졸브lap dissolve라는 게 있다. 장면을 바꿀 때, 하나의 화면이 서서히 사라지면서 그 위에 다음 화면이 천천히 나타나는 기법을 말한다. 김호정이 〈수사반장〉 출연 중에 부정맥으로 세상을 떠나 꽤 오랫동안 마음을 아프게 했는데, 그의 기억이 서서히 사라지는가 싶다가 그 위에 시나브로 남성훈의 기억이 떠오르면 이내 억장이 무너진다. 김호정이 갑작스럽게 유명을 달리하고 그 역할을 대신 맡아 출연하게 된 남성훈이 또다시 한창 나이에 지병이던 '다발성 신경계 위축증'으로 세상을 떠난 일은 내 가슴에 커다란 구멍을 뚫어 놓았다.

어느 시인의 표현처럼 사람은 아픈 곳에 자꾸 손이 간다. 김호정은 내 기억 속의 상처다. 이웃집 아저씨 같은 평범한 인상이었지만 그에게는 범상치 않은 사연이 있었다. 〈수사반장〉에 출연할 당시 김호정은 학교 선생님과 결혼한 상태였다. 그런데 이 여선생에게 이상한 버릇이 있었던 모양이었다. 김호정이 자리에 누워 자고 있으면 몰래 불을 켜고 뚫어져라 들여다보는 것이었다. 자다가 문득 이상한 느낌이 들어 눈을 뜨면 아내가 바로 앞에서 내려다보고 있으니 가슴이 서늘해질 밖에. 그런 아내의 행동과 집착이 갈수록 심해지자 김호정으로서는 밤에 집에서 잠을 이룰 수가 없었다. 그래서 그는 집에 들어가지 못하고 탤런트실에서 자는 일이 많았다.

부산에서 촬영을 하고 있던 어느 날이었다. 나타나야 할 김호정이 나타나지 않아 발칵 뒤집혔다. 뒤늦게 김호정이 병원에 입원해 있고, 그가 곧 운명을 달리할 것 같다는 연락이 왔다. 우리들은 너무 놀라 부산에서 택시를 대절하여 서울의 병원으로 달려갔다.

병원에 도착해서 병실 문을 들어서는데 낯이 많이 익은 젊은 여자가 김호정을 간호하고 있었다. 더 놀라운 것은 한 아이가 아장아장 걷고 있었는데 생김새가 김호정과 똑 같았다. 우리는 설마설마했다.

그때 의사가 병실로 들어섰다.

"듣고 싶은 얘기가 있어서 그런데 가족이 누구십니까?"

의사가 그렇게 묻자 젊은 여자가 말했다.

"제가 가족입니다."

놀라움에 우리는 서로를 바라보았다.

당시 탤런트실에는 고등학교 1학년인 여고생이 사환으로 있었다. 집에 들어가지 못하고 늘 탤런트실에서 잠을 자는, 지독할 정도로 말수가 적었던 김호정이 그 여학생의 눈에는 측은해 보였던 것이다. 연민의 정은 사랑으로 발전하고 말았다. 나중에 들은 얘기로는 사환으로 있던 그 여고생과 김호정 사이에 아기가 생겨 출산을 할 수밖에 없었다는 것인데, 사랑의 결실치고는 대가가 너무 컸다. 결국, 김호정은 아내와 헤어지고 그 여고생과 살림을 차리게 된 것이었다.

우리는 허망했다. 김호정이 그의 어머니와 형처럼 부정맥으로 운명한 것도 허망했고, 그가 그런 개인적 아픔을 갖고 있다는 사실을 우리가 까맣게 모르고 있었다는 것도 허망했다. 아울러 우리는 자신의 아픔을 결코 드러내지 않고 촬영에 임했던 김호정의 결벽성에 혀를 내둘렀다.

앞서 얘기했듯 김호정이 죽은 이후 그를 대신해서 신참 형사 역을 맡은 남성훈은 참 깨끗하고 의리가 강한 친구였다. 대학 후배이기도 했지만 내게는 친동생 이상으로 소중한 존재였다. 그는 나를 친형 이상으로 따랐고 내가 좀 불편한 일을 겪으면 그가 내 심중을 앞서 헤아려 주었다.

"형님 불편하시잖아. 관둬."

그는 언제든 내 일에 발 벗고 나서 어려움을 막아 주는 동생이었다. 그가 너무 그립고, 그의 이른 죽음이 몹시 안타깝다. 한 가지 다행스러운 것은 그의 아들 남승민이 아버지를 이어 배우의 길로 들어섰는데, 그 역량을 꽤 높이 평가받고 있다. 참 고마운 일이다.

김호정과 남성훈이 개인적 아픔과 더불어 저 세상으로 갔는가 하면, 홍성민은 시력을 완전히 잃었으면서도 연기를 하는 데 불편할 뿐 자신은 배우로서 행운아라고 주장한다. 우리는 그렇게 아름다운 사람들과 살았고 또 살아가고 있다.

아직
끝나지 않는
이야기

〈전원일기〉는 1980년 10월 21일에 방영을 시작하여 2002년 12월 29일 1,088회를 끝으로 종영된 국내 최장수 드라마다. 22년 동안 방영이 되었으니 10년이면 변한다는 강산이 두 번이나 바뀐 셈이다.

처음 〈전원일기〉의 출연을 제의받았을 때가 만으로 서른아홉 살이었다. 그 나이에 예순다섯 살 먹은 농사짓는 아버지 역할을 하려니 애로사항이 적지 않았다. 우선 작가가 전체 스토리를 어떻게 이끌어 가려는지 전체 극의 주제를 파악해야 했고, 아울러 향리의 작은 농가에 직접 가서 그 나이에 어울리는 현장 체험을 해봐야 제대로 된 연기가 나올 수 있다고 믿었다.

〈전원일기〉가 시작된 1980년대 초 우리나라의 시골은 심각한 문제를 안고 있었다. 젊은 사람들은 다 도시로 떠나고 나이 든 사람만 고향에 남아 있었다. 나는 고향에 남아 있는 사람들의 입장에서는 이건 내 얘기라고 공감할 수 있고, 떠나온 사람들에게는 저게 내 고향의 모습이라고 인정할 수 있는 그런 캐릭터를 구현하고자 했다.

나는 우선 이 드라마의 아버지를 내적으로는 강직하나 외적으로는 부드럽고 연민이 있는 캐릭터로 설정했다. 일제강점기와 해방기, 미군 점령기와 4·19 그리고 5·16을 거쳐 군정시대까지 오면서 우리의 아버지들은 가정 내에서 권위를 잃고 가정 밖에서도 제 자리를 잡지 못해 눈치만 보며 살아가는 것이 현실이었다. 그즈음 내가 깨달았던 것은 사람들이 외유내강형의 아버지를 그리워한다는 사실이었다.

아무도 없는 논가에서 잘 익은 벼에게 잘 익어 줘서 고맙다고 이야기해 줄 수 있는 정감 있는 아버지. 억울하고 속상한 일이 있으면 술 먹고 논가를 걸으며 두만강 한 소절을 구슬프게 부르는 그런 아버지를 연기하고자 했다.

아버지가 하루를 보내고 저녁 무렵에 그날을 회고하는 것으로 〈전원일기〉는 시작했다. 오늘은 우리 아들이 나를 좀 섭섭하게 했고, 오늘은 뭘 심었는데 싹이 나지 않았다, 기후는 왜 이럴까. 이런 하루의 일상을 일기 형식으로 회고하다 보니 농사짓는 사람들에게는 공감을, 도시 사람에게는 향수를 주면서 정서적인 안정감을 주었던 것이다.

〈전원일기〉는 초대 이연헌 PD를 시작으로 김한영, 이관희, 이은규, 강병문, 권이상, 이대영, 조중현, 김남원, 정문수, 오현창, 장근수, 최용원 등 능력 있는 연출자를 숱하게 배출했다. 또한 작가들도 초대 차범석 선생을 비롯하여, 유현종, 김정수, 김남, 조한순, 윤묘희, 박예랑, 김진숙, 이해주, 김오민, 이종욱, 이

MBC〈전원일기〉출연자들과 함께(1989).
작품이 롱런하려면 스태프, 캐스트, 시청자 간의 공감대가 분명해야 하고
연기자 간의 이해도 깊어야 한다.
우리는 작품 속 인물을 서로 존중하여 녹화장을 떠나서도
서로를 "회장님" "어머니" "여보"라고 호칭하며 결속을 다졌다.

은정, 김인강, 황은경 등 내로라하는 인물들이 바통을 이어갔다.

20년이 넘게 방영이 되다 보니 여러 가지 변화도 겪었다. 촬영 장소는 경기도 송추를 시작으로 장흥(삼하리), 양평, 충북 청원, 경기도 덕소, 남양주시 조안면 조안리, 진중리를 거쳐 양수리에서 마지막 촬영을 했다.

방송 시간도 여러 번 변화가 있었다. 1980년 10월 21일의 첫 방송은 화요일 오후 9시 50분이었다. 그 후로 조금씩 변화가 있었으나 늘 화요일 저녁시간대를 유지했다. 그러다가 수요일 오후 7시 30분으로 조정된 것이 1996년 3월 6일 751화 '봄날은 온다'였다. 이후 1996년 10월 27일 780화부터는 일요일 오전 11시에 방영되었으며, 2002년 4월 7일부터는 일요일 오전 8시 50분에 방송되다가 종영되었다.

등장인물들의 사는 모습을 살펴보아도 새록새록 기억이 새롭다. 금동이가 양자로 들어온 것이 1981년이었다. 1982년에는 극중의 용식과 순영이 결혼했으며, 그다음 해에 일용이가 결혼을 했다. 1984년에는 수남과 복길이가 태어났다. 인물들의 급격한 변화는 1990년대 중반부터 시작되었다. 1996년 오현창 PD가 연출을 맡으면서 5년의 세월을 뛰어넘어 복길, 영남, 수남이 성인으로 등장했다. 1997년 장근수 PD가 연출을 맡으며, 금동이(임호)가 성인으로 다시 등장했으며, 상태네 식구(임현식, 김자옥, 채민희, 유현지)와 동생 가족인 병태네 식구(최종환, 조현숙)가 양촌리에 새로 이사를 왔는데, 이즈음 김회장 댁과 일용네를 제외한 나머지 양촌리 식구들은 출연이 뜸하게 되었다. 1999년 9월 권이상 PD가 기획과 연출을 맡으면서 상태네 식구는 다른 곳으로 이사를 가버렸고 대신 나머지 양촌리 식구들이 다시 활발하게 등장했다. 여기에 병태 친구 남수(양동재)가 합세하여 젊은 층의 얘기가 보강되었다.

자연이라는 게 참 묘했다. 관심을 기울이면 인간의 마음속에 들어와 아름다운 모습으로 자리를 차지하지만, 하찮은 것으로 여기면 의미 없는 방해물이 되어 간다. 우리들은 〈전원일기〉를 촬영하면서 처음 땅을 알았다. 흙 색깔만 봐도 토질이 어떤 상태라는 것을 짐작하게 되었고, 유난히 조그만 꽃이 있어 하나를 따들고는 얘는 이렇게 필 수밖에 없었다는 얘기를 주고받았다.

〈전원일기〉를 촬영하다 보면 화장실 옆에도 꽃은 피고, 갈라진 아스팔트 사이에도 꽃은 피었다. 산에 올라가면 바람이 센 곳의 꽃들이 키를 낮추었고, 아래로 내려와 바람 없는 곳에 이르면 키가 껑충한 식물들이 자라고 있었다. 환경과 성격에 따라 자신의 캐릭터에 맞게 피고 지는 그 아름다움을 이루 형용할 수가 없었다.

아버지의
자리

〈전원일기〉가 방송되기 시작한 시기는 공교롭게도 전두환 전 대통령이 정권을 잡은 시기와 맞물렸다. 그래서 주변에서는 전두환 대통령이 박정희 대통령의 '새마을운동'을 이어받기 위해 드라마로 만든 것이라는 소문이 나돌았다.

그러나 그것은 기우였다. 사실은 당시 MBC의 임원들이 어떤 외압도 받지 않고 오래전부터 준비한 드라마로서 4대가 함께 사는 모습을 통해 우리 고유의 문화를 살리고 가족의 사랑과 긍정적인 삶의 지평을 보여 주자는 의도로 기획된 것이었다.

1980년대에 들어서면서 우리 사회는 급속도로 산업화가 진행되었다. 점차 부권이 상실되던 당시의 시대 상황에서 노모를 극진히 모시고 아내를 존중하며 자식을 큰 가슴으로 품어 안는 아버지의 모습은 시사하는 바가 컸다.

풀 샷full shot이라는 방송용어가 있다. 카메라가 무대 전체를 찍기 위한 세트의 전경 구도라고 생각하면 된다. 〈전원일기〉에 출연하면서 특히 내가 신경 썼던 부분은 소품이었다. 풀 샷을 찍을 때 내가 걱정한 것은 '진정성'이었다. 우리 사는 모습을 보여 주는 드라마에 눈가림 식 가짜는 결코 용납할 수 없는 것이었다. 나는 임의로 대청마루 밑에 이런저런 잡동사니들을 넣어 두었다. 우리 농가에서 뭐 하나 허투루 버리는 것이 있을 리 없고 그러자면 자연히 농약 병이라든가 헌 신발 혹은 농기구 같은 것들이 마루 밑에 쌓여 있어야 했다.

다행히 당시 소품을 담당하는 허 선생과 뜻이 통해서 우리는 집 안에 놓여 있는 물건과 그 물건의 세세한 모양까지 매우 사실적인 모습으로 재현되도록 함께 노력을 기울였다. 〈전원일기〉를 보는 시청자라면 누구나 자신이 옛날에 살던 집과 똑같다고 여기게 되었던 게 우연이 아니라는 얘기다.

한번은 방바닥의 장판 때문에 소품을 담당하는 미술부와 다툰 일이 있었다. 아버지는 늘 아랫목에 앉아야 하는데 내 생각에 아무래도 그 부분의 리얼리티가 부족해 보였다. 1980년대 중반 컬러 스프레이가 처음 나오던 시절이었다. 마침 미술부에 누런색의 컬러 스프레이가 있었다. 내가 그것을 가지고 와서 장판에 뿌리고 반짝반짝하게 닦으니까 그 부분이 마치 불에 그을린 흔적처럼 밤색으로 변했다. 불을 때지 않아도 뜨끈뜨끈한 느낌이 들 정도였다. 아내 역을 맡은 김혜자 씨도 잘했다고 칭찬해 주었다.

그런데 그 일로 미술부와 마찰이 생기고 말았다. 다른 스튜디오에서도 그 장판을 써야 하는데 내가 그 장판을 망쳐 놨다는 것이었다. 돈으로 따지면 얼마 되지도 않는 장판을 가지고 시비를 건 것은 그들의 영역을 내가 침범했다고 여겼기 때문이었다. 따지고 보면 월권행위가 맞다. 그러나 사실적 상황을 재현하기 위한 행동이었다는 것을 알면서도 문제를 삼는 미술부가 야속했다. 어쨌든 나중에 소품 담당자들과는 화해를 했지만 두고두고 뒷맛이 썼다.

〈전원일기〉에서 김 회장이 앉아 있는 곳은 카메라를 받기 어려운 자리였다. 카메라가 방을 잡으면 아내인 김혜자 씨가 얘기를 하고 나는 옆모습만 보이곤 했다. 그러니 뭔가 대사를 하려면 뒤를 돌아보아야 했고 자연히 아버지의 권위도 드러날 수 없었다. 그런 문제들을 카메라맨들이 제기하면서 자리를 옮기기를 종용했었다. 하지만 나는 연기를 하는 것, 화면에 나오는 것은 다 내 할 요량이지 자리 탓이 아니라며 거절했다. 처음부터 지켜온 아랫목을 하루아침에 바꿀 수 없는 노릇이었고, 무엇보다 〈전원일기〉에서 아버지의 자리는 매우 중요하다고 생각한 까닭이었다.

실제 우리 집 얘기다. 딸아이가 어느 정도 컸을 때 방을 주고 나니 갑자기 나의 공간이 없어져 버렸다. 아내에게는 화장대, 침대, 텔레비전 등이 있는 그녀만의 방이 있었지만 나에게는 응접실뿐이었다. 게다가 응접실에서 텔레비전을 틀어 놓으면 딸아이가 방문을 열고 내다보곤 했다. 딸아이는 귀에 이어폰을 꽂은 채 발을 떨었고, 심지어 공부를 한답시고 수없이 손으로 펜을 돌리면서도 텔레비전을 넘겨다보는 것이었다. 자신은 한꺼번에 다 할 수 있다고 생각하는 욕심 많은 딸아이를 보면서 어느 순간 이래선 안 되겠다 싶었다. 그래서 처음에는 의자 하나를 가져다 놓고 방석을 깔아 아이들이 나오지 못하는 공간으로 만들었는데 얼마 되지 않아 흐지부지되었다. 그다음에는 작심을 하고 베란다 옆의 공간을 내 것으로 만들기로 했다. 에어컨이 있는 베란다 옆 공간에 교자상을 하나 가져다 놓고 헝겊을 덮고 책도 놓고 등이랑 방석도 하나 놓았다. 창문이 바로 옆에 있어서 담배를 태워도 연기가 금방 빠지는 것이 아주 마음에 들었다.

식구들에게 그 자리가 존중되길 바라며 연필 하나도 건드리지 말라고 엄포를 놓았다. 그런데 어느 날, 집에 들어와 보니 집사람이 거기에 앉아 신문을 보고 있는 것이었다. 앉지 말라고 했는데 왜 앉았느냐, 내 자리가 그렇게 탐이 나느냐, 당신의 방과 내 공간을 바꿀 거냐며 역정을 냈다. 집사람은 거실의 샹들리에를 켜면 전기료가 많이 나와서 잠시 나의 자리에 앉아 신문을 보았기로서니 뭘 그러냐고 반박을 했다. 그 전기료 내가 벌어 올 테니 행여 넘보지 말라고 윽박질렀다. 그 자리가 내 자리이고, 가장의 자리이고, 아버지의 자리라는 것을 아내가 존중해주길 바라기에 벌어졌던 작은 다툼이었다.

결국 나는 가정 안에서 내 자리를 지켜 갔고 남들이 보면 보수적이라고 말할 만큼 고집스러운 아버지의 상을 구축했다. 아무리 시대가 변한다 해도 아버지의 위치와 역할은 변할 수 없다. 아버지의 자리가 흔들리면 아내와 자식도 불안하고, 반대로 아버지의 자리가 확고하면 아내와 자식들의 자리도 탄탄해지는 법이다. 이러한 교훈을 얻게 된 것도 따지고 보면 〈전원일기〉 덕이다.

어쩌랴,
지금이라도
돌아오면
고마운 것을

1981년, 〈전원일기〉에 새 식구가 들어왔다. 바로 금동이였다. 당시 김한영 씨가 연출을 맡고 김정수 씨가 극본을 썼는데, 나와 금동이의 첫 만남이 오래도록 내 머릿속에 남아 있다.

드라마에서 나는 물품을 구입하기 위해 시장으로 향했다. 그 시장 통에서 어린 녀석이 찌그러진 양푼을 앞에 두고 구성지게 노래를 부르고 있었다. 당시에 유행하던 〈감수광〉이란 곡이었다. 처음에는 무심하게 천 원짜리 한 장을 넣고 지나쳤는데 가다가 돌아보면 그 녀석이 노래를 부르면서 날 보고 있고, 또 가다 돌아보면 또 보고 있고 그런 컷이 반복되었다. 그 시선에 끌려서 나는 다시 아이에게 다가갔다.

"너, 왜 이런 데서 노래를 하고 있냐? 부모가 시키더냐?"

아이에게서 구걸해서 먹고 산다는 답이 돌아왔다. 옛날에 애들을 키우던 생각도 나고 해서 나는 다시 물었다.

"너 우리 집 갈래? 여기서 얼마 안 되는데."

어찌어찌해서 나는 아이의 손목을 잡고 마을로 들어선다. 동네에서 들일을 하던 아낙들이 나의 모습을 보고서는 수군거리기 시작한다.

"김 회장이 웬일이야? 저 양반이 딴 데서 낳은 아이를 데려오나?"

처음에는 집사람에게 부탁해 깨끗하게 씻기고 저녁이나 먹여서 보내려는 것이 나의 의도였다. 그러나 동네에 김 회장이 애 낳아서 데리고 들어왔다는 소문이 나버려서 한바탕 소동이 일어났다. 물론 김수미 씨가 연기했던 일용 엄마가 동네방네 나발을 불고 다녔던 탓이었다. 주위의 사람들이 수군대는 통에 덤덤했던 아내도 덩달아 의심을 품기 시작했다.

그때 뜬소문을 단호하고 엄중하게 물리치는 이가 있었으니 바로 극 중의 어머니였다. 아범이 결코 그럴 리 없다는 어머니의 말에 그 누구도 반론을 펼 수 없었던 것이었다. 이왕 오해도 받기도 했으니 오갈 데 없는 아이를 우리 집에서 키우는 게 어떻겠느냐고 어머니께 상의를 드리자 어머니는 "그래, 아범 생각 잘했어. 애들도 다 컸는데 저 아이 하나 공부시키는 게 어렵겠어. 아범 뜻대로 하게"라고 하셨다.

나는 아내에게 상황을 설명했다. 시어머니가 흔쾌히 승낙했으니 아내로서도 어쩔 수 없는 노릇이었다. 그렇게 해서 금동이를 양자로 받아들이게 되었는데 그 당시에는 그저 재미있는 에피소드였다고만 생각했다.

그런데 극이 방영된 다음 날 방송국에 나갔더니 야단이 났다. 1969년도에 나와 같이 방송국에 들어갔던 동기생, 카메라맨들이 〈전원일기〉 때문에 한숨도 못 잤다고 하는 것이었다. 무슨 말이냐고 했더니 김 회장을 칭찬하는 전화가 밤새도록 왔다는 것이었다. 그때만 해도 그런가 보다 하고 무심히 넘겼다.

그다음 날부터 편지가 회색 가방으로 하나씩 오는데 다 똑같은 얘기였다. 김 회장이 너무 잘했다는 편지였다. 거의 폭발적인 반응이었다. 사실 그때는 그 칭찬이 그렇게 부담스러울 수 없었다. 그저 작가가 쓴 대로, 작가의 의도대로 연기만 했을 뿐인데 그 칭찬을 왜 내가 받나 싶어서였다.

그렇다고 내가 한 일이 아니라 작가가 써준 대로 연기했을 뿐이라고 떠들며 다닐 수도 없는 노릇이어서 그 고충을 당시 부장이었던 유흥렬 씨에게 털어놓았다. 그가 기막힌 묘안을 하나 주었다. 바로 '한국어린이재단'이었다. 지금의 한국복지재단인데 거기를 통해 한 아이를 입적해서 도와주면 지금 김 회장 역할로 칭찬받는 게 상쇄되지 않겠느냐는 제의였다.

그래서 나는 한국어린이재단에 전화를 걸어 한 아이를 돕겠다고 신청했다. 그리고 후원금을 내고 후원을 하게 된 그 아이의 신상 명세를 책상머리에 갖다 놓으니 정작 나보다 우리 아이들이 더 감동받고 좋아하는 것이었다. 아빠가 누군가를 후원한다고, 서로 자기에게 오빠가 생겼느니 동생이 생겼느니 하면서 뿌듯해 했다. 내친김에 저금통을 가져다 놓고 잔돈 나오면 여기다 넣어라, 다 그 아이에게 보낸다고 했더니 얼마나 열심히 저금을 하던지 지금 생각해도 흐뭇하다.

그때 한 아이를 돕는 게 한 달에 만오천 원을 모아 계좌로 송금하면 되는 일이었는데 아이들이 모은 돈이 이만 원을 훌쩍 넘었다. 그러다 보니 한 아이만 도울 게 아니라 몇 명을 더 해봄직 하다는 생각이 들었다. 그렇게 우리 가족이 후원하는 아이가 한 명씩 한 명씩 늘기 시작했다.

우리나라는 1980년대 초만 해도 결식아동을 돕는 단체인 '크리스천칠드런펀드(CCF)'의 도움을 받는 나라였다. 크리스천칠드런펀드는 쌀부터 덩어리 우유, 헌 옷, 속옷까지 미국에서 보내 주는 구호단체였다. 그중에는 괜찮은 물건도 꽤 있어서 1960~1970년 사이에는 쓸만한 옷들만 따로 빼다가 파는 구호물자 시장이 남대문에 있을 정도였다. 거기서 옷을 사 입을 수 있으면 보통 멋쟁이가 아닌 그런 시절이었다.

그런데 그 단체는 GNP가 낮은 나라 순으로 지원을 해주고 있었고, 우리나라의 GNP가 오르자 1986년부터 구호가 중단되었다. 한국어린이재단에서는 구호품이 중단되었으니 내게 좀 도와줄 수 없겠냐고 요청을 해왔다. 어떻게 도우면 되겠느냐 물으니 그냥 회의에만 나와 달라고 했다. 대략 40여 명이 모인 회의 석상에서 그들은 내게 서울시 후원회장이 되어 달라는 부탁을 해왔다. '오른손이 하는 일을 왼손이 모르게 하라'는 성경 말씀처럼 세상에 드러내지 않고 구호사업을 펼치다가 막상 외국의 지원이 끊기자 다급했던 것이다. 우리 국민의 손으로 불쌍한 우리 아이들을 도와야 한다는 취지에 당시 대통령이 공감하고 도와주었다는 말은 나중에야 들었다. 각 기업이 오천 명에서 만 명씩 후원자가 되는 방식으로 대규모의 지원을 했던 모양이었다.

그렇게 해서 모인 후원자가 근 19만 명에 도달했는데, 그러나 그것은 턱없이 모자란 숫자였다. 원활한 사업 진행을 위해서는

업둥이인 금둥이는 언뜻 어리숙해 보이면서도
해맑은 시골 소년의 이미지를 간직하고 있었다.
〈전원일기〉에서 가장 사랑 받는 아이였음에도
금둥이는 우리의 기억에서조차 하차하고 말았다.
아, 어디에 살건 그의 인생이 건강하고 값지기를⋯⋯.

그 열 배에 달하는 170만 명의 후원자가 필요했다.

속내를 알고 거절할 수는 없는 노릇, 어쨌거나 나는 후원회장 직을 맡고 말았다. 금동이 때문에 시작한 기부와 도움이 나를 25년 넘게 그 일을 하게 만들었다. 지금은 결국 서울시 후원회장을 거쳐 전국 후원회장까지 맡고 있다.

그러다 몇 년 전 방송을 통해 금동이 역할을 했던 Y군이 사회에 제대로 적응을 하지 못하고 있다는 보도를 접했을 때 나는 망연자실하고 말았다. 한숨만 늘어날 뿐 밤에는 잠도 오지 않았다. 금동이를 통해 내가 일생 동안 기쁘고 보람되게 살았는데 정작 금동이의 삶은 그렇지 못했다는 것이 내 가슴을 아프게 했다.

어린 나이에 금동이라는 '예명'을 얻은 녀석이 어느새 지방 도시 DJ로 일하며 돈을 벌기 시작한 모양이었다. 고등학교 다니는 애의 이름을 빌려 돈을 벌겠다고 어른들의 욕심을 탓할 시간이 없었다. 우리는 앞뒤 안 가리고 그 녀석을 잡으러 다녔다. 그래도 식구라고 유인촌 등이 나섰다. 찾아 데려와서는 돈 필요하면 우리한테 얘기해라, 우리가 만들어 주겠다고 야단쳤다. 그러나 아무리 얘기를 해도 녀석은 결국 다시 뛰쳐나갔다. 출연 당시에도 금동이가 문제아로 나오는 장면이 있었는데, 극본에 의한 것이 아니라 실제 상황을 극화한 것이었다. 어려운 상황에서 금동이를 빼내 오느라 겪은 우여곡절을 지금 여기서 다 말해 무엇 하겠는가.

Y군이 바른 길을 벗어난 것은 아무래도 집안 문제가 컸던 것으로 기억한다. 〈전원일기〉 식구들이 마음을 다잡게 해서 어떻게 어떻게 군대까지는 보냈는데, 제대하고 나서 방송에 적응하

지 못했다. 드라마 상에서도 금동이는 군대에 갔다 온 이야기까지만 나오고 이후에는 종적을 감추었다.

금동이는 어리숙해 보이면서도 시골 소년처럼 해맑은 인상이었다. 결국 금동이는 〈전원일기〉에서 가장 사랑받는 아이였음에도 불구하고 우리의 기억에서 하차하고 말았다. 우리들의 애간장을 다 녹인 채 어느날 갑자기 사라지고 만 것이다. 그러나 어쩌랴, 방황하는 자식을 기다리는 부모처럼 지금이라도 돌아오면 고마운 것을.

김혜자와
〈전원일기〉
사람들

지금도 가끔 지인들로부터 '낮에는 김혜자랑 살고 밤에는 김민자랑 사느냐'는 농담을 듣곤 한다. 그도 그럴 것이 가운데 글자인 '혜' 자와 '민' 자만 갈아치우면서 두 여자를 아내로 맞았으니 오해를 살 법도 하다.

김혜자 씨와는 드라마에서 워낙 오랫 동안 부부 역할을 해온 탓에 실제 부부로 착각하는 사람도 의외로 많다. 언젠가 아내 김민자와 여행을 가다가 공항에서 어떤 어르신들과 마주친 적이 있었다. 그때 한 분이 물었다.

"아이고, 김 회장님을 여기서 만나네요. 그런데 옆에 계신 분은 따님이신가요?"

아내로서는 듣기 좋은 소리였겠지만 나로서는 뭔가 모르게 부당하게 내몰린 것 같은 느낌을 지울 수 없었다. 대다수의 사람들은 20대 초반부터 노인 역을 많이 맡았던 나를 제 나이로 보지 않고 인생 황혼녘의 사람으로 여긴다. 그러나 배우 김민자와 김혜자 역시 이미 60대 중반을 넘어섰고, 나와도 나이 차가 크지 않다는 사실을 알고 있는 이는 의외로 드문 것 같다.

사람들은 또 종종 배우 김혜자 씨의 연기나 사람 됨됨이에 대해 내게 넌지시 묻는다. 그럴 때면 그냥 허허 소리를 내며 웃는 게 상책이다. 낮의 아내든 밤의 아내든 아내 자랑은 해봐야 본전도 챙기지 못하고 팔불출이 될 공산이 크기 때문이다. 어쨌거나 〈전원일기〉를 통해 20년 넘게 부부 역할을 해왔으니 배우 김혜자라는 이름 앞에서 소회가 없을 수 없다. 첫인상도 강렬했거니와 워낙 성실하고 올바른 사람이기에 더욱 그렇다. 내 기억으로 김혜자 씨를 처음 본 것이 1967년도니까 그와의 인연도 아내와 살아온 40여 년의 삶과 엇비슷한 세월이다.

내가 국립극단 단원이었던 어느 날, 극장에서 사람들이 총연습을 하고 있는데 앞좌석에서 담배 연기가 모락모락 올라왔다. 원래 극장 안 객석에서는 담배를 피울 수가 없었고 극단을 내 집처럼 생각했던 나는 말려야겠다는 생각이 들어 쫓아갔다.

그곳에서는 자그마한 체구의 한 여자가 담배를 물고 사람들이 연습하는 것을 지켜보고 있었다. 잠시 머뭇거리다가 나는 여기서 담배를 피우면 안 된다고 말했다. 그랬더니 나이 어린 그녀가 정중히 사과를 하면서 담배를 비벼 끄는데 참 예술가 같다는 느낌을 받았다(지금은 그녀가 신앙의 힘으로 단호히 담배를 끊었다). 그 인상이 하도 강렬해서 그날 그녀가 무대에 오른 연극까지 관람하게 되었는데 그게 김혜자 씨와 나의 첫 만남이었다.

그해에 내가 KBS로 들어가서 〈수양대군〉에 출연했는데 그때 김혜자 씨는 이미 KBS 단원이었음에도 우리 두 사람 모두 신인이었던 터라 자주 만날 기회는 없었다.

그녀와 내가 서로에 대해 개인적인 느낌을 가지게 된 것은 두 사람이 동시에 MBC로 옮겨 드라마 〈개구리 남편〉에서 함께 연기를 하게 되면서부터였다. 성실하다, 연기자로 타고났다는 것이 당시의 판단이었다. 그 판단은 그르지 않았고 결국 〈전원일기〉에서 부부의 연이 닿아 지금껏 평생 동지로 지내 오고 있다.

〈수사반장〉이 내 연기를 다진 초석 같은 작품이라면, 〈전원일기〉는 만 39세의 나이에 나를 한 단계 높은 곳으로 비상시켜 준 빛나는 날개 같은 작품이다. 아는 사람들은 알겠지만 〈전원일기〉에서는 코디네이터가 따로 필요 없었다. 오랫 동안 연기를 하다 보니 출연 배우 각자가 코디네이터가 되고 분장사가 돼 버린 탓이었다. 배우들 각자가 드라마에 대한 애정과 의욕이 넘쳐 출연료를 비롯한 제작 여건에 대한 잡음도 일체 없었다. 그와 같은 배우들의 헌신이 있었기에 〈전원일기〉가 한국 드라마 사상 최장수 기록을 세웠으리라.

〈전원일기〉에 등장한 배우들을 떠올리자면 먼저 내 어머니 역할을 하셨던 정애란 선생님을 얘기해야 할 것 같다. 원래 선생님은 냉정하고 정이 없는 역할을 많이 하셨다가 〈전원일기〉에서 처음으로 어머니다운 어머니, 푸근하고 정 많은 어머니의 모습을 연기하셨다. 실제로도 선생님은 추운 날 내가 얇은 옷이라도 입고 나오면 왜 이렇게 춥게 입고 왔냐며 걱정해 주셨고, 자연스럽게 우리는 서로를 어머니와 아범으로 부르곤 했다.

정애란 선생님은 나이가 드시면서 심하게 병을 앓았기 때문에 연기에 대해 큰 부담을 가질 수밖에 없었다. 그럼에도 〈전원

나와 부부 역을 제일 많이(오래) 했던 배우 김혜자.
〈전원일기〉가 방송 중이던 1980년대 중반 친구들과 술자리를 함께하노라면
"자네는 부인이 둘이야! 낮에는 김혜자 씨, 밤에는 김민자 씨!"
라고 농을 건네 오기가 일쑤였다.

일기〉에 대한 애착이 남달라서 생의 마지막까지 연기혼을 불태움으로써 자애롭고 너그러운 어머니상을 올곧게 세우신 분이다. 몇 년 전, 느닷없이 돌아가셨다는 소식을 접했을 때 친어머니를 잃은 듯 가슴이 아려왔는데, 이윽고 평소에 늘 말씀하시던 '아범이 다 알아서 해'라는 말이 떠올라 울컥 눈시울을 적시기도 했다.

큰아들인 김용건은 배우로서도 나무랄 데 없지만, 인간으로서도 약속을 하면 어김없이 지키고, 특히 의리를 아는 사람이다. 겉모습만 보고 그를 멋 부리는 사람으로 인식하지만 속으로는 비교할 바 없이 건실한 사람이다. 이런 말을 해도 좋을지 모르겠으나 그는 십수 년 동안 아이 둘을 혼자 키우며 아주 성실하게 살고 있다. 얼마 전 방영되어 인기를 끈 〈히트〉라는 드라마에서 고현정의 상대 역으로 나온 하정우가 그의 아들이다.

맏며느리 고두심은 남을 불편하게 하지 않는다. 사람과 잘 어울리고 무엇보다 포용력이 크고 성격이 훌륭하다.

둘째아들 유인촌은 연기력이 뛰어나 텔레비전보다는 무대가 더 잘 어울리는 사람이다. 다양한 분야에 재능과 열정을 가진 그를 나는 늘 존중하는 마음으로 지켜보고 있다.

작은며느리인 박순천은 탐구력이 아주 강한 배우다. 무척 가정적이어서 배우이기 전에 자신을 잘 다스릴 줄 아는 성숙한 인간이라고 평하고 싶다.

김수미는 연기에 관한 한 대단한 욕심쟁이다. 무엇이든 자기 경험에 의해서 연기력을 이끌어 내는 배우가 아닌가 싶다. 그 사람의 연기는 풍자적인 동시에 사실적이다. 동네의 수다쟁이

할머니를 관찰해서 나온 캐릭터가 〈전원일기〉의 일용 어머니인데 그런 캐릭터를 국내 배우 그 누구가 끄집어 낼 수 있겠는가.

일용이 역의 박은수는 늘 꿈을 꾸는 사람이다. 현실에 안주하지 않고 늘 미래를 보며 갈구하는 사람이다. 그러나 지금까지 안방극장을 지켜 오는 것을 보면 현실에도 잘 적응한 것 같다. 일용이 처 김혜정은 여자를 버리지 못하는, 천생 여자라는 말 이외에는 덧붙일 수식어가 없다.

그 외에도 김 노인 역의 정대홍, 이 노인 역의 故 정태섭, 박노인 역의 홍민우, 응삼 역의 박윤배, 명석 역의 신명철, 귀동 역의 이계인, 창수 역의 이창환, 종기네 역의 이수나, 쌍봉댁 역의 이숙 등 일일이 다 열거할 수 없는 배우들과 스태프의 땀과 노력으로 〈전원일기〉는 생명력을 가질 수 있었다. 이들이 있어 난 행복했다.

김 회장의
웃음소리

　〈전원일기〉에 출연하면서 내가 가장 보람 있었던 일은 한국적 아버지의 정체성을 만들어 낸 일이다. 연출자, 작가, 배우, 스태프들이 이루어 낸 협업協業의 결과이기도 하다. 강하고, 정 많고, 도리에 벗어나는 일 없는 그런 우리의 아버지를 만들어 낸 것. 그게 아마 〈전원일기〉의 가장 큰 보람이 아닐까 싶다.

　돌아보면 〈전원일기〉는 농촌 현실에 대해 많은 반향을 불러일으킨 드라마였다. 정부 관계 부처나 농협 등의 관련 기관에서도 종종 협조를 구하곤 했다. 어느 농작물이 많이 수확됐는데 가격이 내려가고 있으니 드라마에서 그 작물을 먹는 장면을 내달라는 부탁은 아예 일상적인 것이 될 정도였다. 토마토, 오이, 무, 양파 등의 작물이 피해를 입을 때마다 〈전원일기〉의 문을 두드렸다. 극 중에서 식구들이 모여 오이 냉국을 만들어 먹으면 동네 구멍가게의 오이가 동나고, 수박 한 통을 썰어 먹으면 수박이 떨어지는, 실로 엄청난 드라마의 영향력을 보여 주었다.

극중에서 일용이가 양파를 많이 심어 수확했으나 팔리지 않자 삽으로 그 양파를 내려치는 장면이 전파를 탄 적이 있었다. 그런데 그 장면 때문에 난리가 났다. 아무리 양파가 흔해도 그렇지 농사꾼이 어찌 수확물을 삽으로 때릴 수 있느냐고 항의가 빗발친 것이었다. 농자農者의 철학이 읽히는 대목이었다.

시청자들의 관심은 거기에서 그치지 않았다. 한번은 김 회장이 술집 여자를 좋아하는 장면이 나가자 농사짓는 사람이 연애질이나 한다고 욕을 해댔고, 텔레비전 화면 속에 비치는 양촌리 농가들의 살림살이가 부실하게 보였던지 농촌에도 텔레비전이나 냉장고 등 각종 가전제품 다 들여놓고 산다고 드라마에서도 당장 그거 다 들여놓으라고 말이 많았다. 시골 정취를 위해 다듬잇돌이라도 들여다 놓으면 요즘 시골에서 누가 그런 것을 쓰느냐고 핀잔을 주고, 하여튼 사사건건 시시비비였으나 그것이 드라마 〈전원일기〉에 대한 사랑이라는 것을 우리가 모를 리 없었다.

애써 지켜야 오래 머무는 것

〈전원일기〉는 22년 동안 방송되면서 내적으로나 외적으로 변화를 겪었다. 속으로는 PD와 작가, 등장인물이 바뀌었고, 겉으로는 제작 환경 같은 외적 조건이 변화했다. 그뿐 아니라 시청률에 떠밀려 방송시간대까지 바뀌기도 했다.

PD와 작가가 바뀌고 그들이 점점 젊어진 것은 필연적으로 극의 정서에도 미세한 변화를 가져왔다. 대략 1996년을 기점으로 벌어진 일이었는데, 오현창 감독이 연출을 맡을 때였던 것으로 기억한다. 연출자나 작가가 젊어지다 보니 나이 든 사람의 심중을 헤아리기 어려웠을 것이고, 때문에 〈전원일기〉 본연의 정체성이 사라지고 있다는 우려가 나오기 시작했다.

나름대로 고민이 있었을 것이다. 젊은 사람들이 드라마에 나와야 재미가 있을 것이라고 생각한 것이었는데, 그러나 〈전원일기〉는 재미만으로 보는 드라마가 아니었다. 눈앞의 재미를 위해 자꾸 젊은 연기자들을 쓰다 보니 노인들의 대사가 점차 줄어들었고, 그렇게 나이 든 사람의 정서를 읽어 내지 못하고 극의 정체성이 훼손될 바에는 차라리 이쯤에서 끝내자는 말들을 우리들끼리 한 것이 사실이었다.

나는 방송국에도 문제가 있다고 생각했다. 〈전원일기〉 같은 드라마는 방송국 측에서 장기적, 전략적으로 키워야 하는 드라마 아닌가. 〈전원일기〉를 통해 배우의 몸값을 올려 두면 다른 프로에서도 그대로 적용될까 봐 두려웠던 것은 아닌지 의심스럽다. 이웃 일본만 해도 첨단 전자제품 시장이 커져 가면 그에 맞춰 고서점도 활성화시키는 노력을 기울인다. 전통이라는 것은 악착같이 지키려 노력해야 우리 곁에 머무는 것이다.

한편, 외적인 변화는 자본주의 사회에서 무시하기 어려운 측면이 있다. 방송 시간은 스폰서와도 긴밀한 관계가 있는데 〈수사반장〉 같은 경우 스폰서가 너무 많이 붙다 보니 시청률이 안 나오는 목요일 같은 시간으로 편성을 옮기기도 했다. 인기가 좋으니 어느 시간대에 가져다 놓아도 스폰서가 따라오기 때문이었다. 이렇게 방송국의 영리를 위해서 관습과 상식을 깨버리는 일이 종종 벌어지곤 한다. 그럴 때마다 연기자가 더 힘을 내고 지키려 해야 하는데 그들에게도 한계가 있어서 지쳐 방관하게 되곤 한다. 전통을 고수하지 못하는 것은 결국 우리 모두의 잘못이라고 할 수 있는 것이다.

어쨌거나 돌아보면 〈전원일기〉가 종영이 되었다는 것은 나로서는 가장 마음 허전한 일이었다. 방송은 현실적 이익도 중요하지만 사회적 공익의 책무도 함께 지고 있다는 게 내 생각이기 때문이다.

파란 눈의 며느리가 본 한국

〈전원일기〉를 촬영하던 1990년도 후반 무렵, 방송국 사장으로부터 직접 전화가 온 적이 있었다. 미국에서 중요한 손님이 오는데 내가 방송국 안내를 해줄 수 있겠느냐는 정중한 부탁이었다. 특별히 거절할 이유는 없었다.

다음 날 녹화장을 찾은 사람들은 미국 일리노이주립대 한국인 교수 부부와 그 아들 그리고 파란 눈의 새 며느리였다. 아들 부부는 극 중 우리 부부를 안방 아랫목에 앉히고는 넙죽 큰절을 했다.

"아버님 어머님, 건강하게 오래 사세요."

그리고 보따리를 풀어 양주 두 병과 안주를 내놓고는 모두에게 술 한 잔을 따르고 싶다고 했다. 우리는 당황해서 지금 촬영 중이니 나중에 마시겠다고 달래야 했다. 한복을 입은 서양 며느리는 내 그림자도 밟지 않으려는 듯 조심 또 조심했다. 그 가족은 미국에서 〈전원일기〉 녹화 테이프를 구해 빠짐없이 보았노라고 했다.

그 아들 내외를 지켜보던 노 교수의 눈빛을 나는 잊을 수가 없다. 그는 이국땅에서도 우리 뿌리와 문화를 자식들에게 대물림해 주고 싶었던 것이다. 고향과 가족이 무엇인지, 아버지의 자리는 어디인지 보여 주고 싶었던 것이다. 먼 타국 땅에서 성공한 사람이었지만 꼭 붙들고 싶은 자리는 '우리 땅의 아버지'였던 것이다.

노 교수의 말에 따르면 아들이 서양 여자와 연애를 해서 서양 며느리를 보게 됐는데, 늘 영어로만 떠들어대면 진정한 가족이 될 수 없으니 한국어를 가르쳐야겠다고 생각했다는 것이었다. 그런데 며느리를 붙잡아 앉혀 놓고 한국어를 가르칠 사람이 없으니 〈전원일기〉 테이프를 수십 개 갖다 주고 한국말과 문화를 배우라고 했고 며느리는 그 테이프를 통해 한국문화를 이해할 수 있게 된 것이었다. 그래서 감사하는 의미로 한국의 〈전원일기〉 스튜디오를 방문했으며 모든 식구들에게 저녁을 대접하고 싶다고 말했다. 촬영이 언제 끝날지 모르니 마음만 받겠다고 사양했지만 그 뿌듯함이란…….

때때로 미국 출장을 가면 교포들이 〈전원일기〉를 잘 보고 있으며 덕분에 재산을 늘릴 수 있었다는 말을 했다. 무슨 말인가 물었더니 〈전원일기〉를 보기 전에는 늘 향수 때문에 병이 나서 한 달에 한 번 쯤은 한국에 들어오곤 했다는 것이었다. 그 비행기 값이 만만치 않아 힘들었는데, 〈전원일기〉를 통해 고국의 산천과 가정, 음식 등을 보니 말끔히 고질이 나았다는 것이다.

양촌리 김 회장의 웃음소리가 한때 '최불암 시리즈'라는 유머로 화제가 된 적이 있었다. '파~' 하고 속으로 터지는 그 웃음

소리는 내가 인위적으로 창조해 낸 것이 아니었다. 옆에 어머님이 계시기 때문에 껄껄거리며 큰 소리로 웃을 수 없어 조심스럽게 웃으려다 보니 그렇게 표현된 것이었다. 어른에 대한 배려였고, 자식 된 도리였던 셈이다.

떠난 다음에야 비로소 생각나는 자리

아버지는 '돌아가신 후에야 보고 싶은 사람'이라고 했다. 이 시대의 아버지는 어떤 모습일까? 우리가 기억하는, 아니 기억하고픈 아버지를 현실에서 찾을 수 없는 세상이 되고 만 것은 아닐까. 그래서 다시 묻지 않을 수 없다. 아버지가 계시던 안방 아랫목 자리는 지금 어디에 있는가.

나는 〈전원일기〉에서 '그늘 넓은 느티나무' 같은 아버지를 보여 주고 싶었다. 명절이면 온 동네 사람들 세배를 받고, 먼 길을 돌아 고단한 심신으로 고향을 찾은 마을 청년들의 어깨를 두드려 주고, 크고 작은 일에 용기와 지혜를 빌려 주던 어른의 모습을 드라마에서라도 그려 내고 싶었다. '어른'의 자리를 지키고 싶은 건 소외감 때문이 아니라 젊은 세대의 미래를 걱정하기 때문이란 걸 그들이 알기나 하려는지.

또 하나, 지금 세계에선 한류 열풍이 분다는데 우리 TV에선 점점 한국적 정체성과 고유의 정신문화를 찾을 수 없으니 참으로 속상하고 가슴 아프다. 자극적이고 비틀린 인간관계만 넘쳐날 뿐 우리네 가족의 의미와 훈훈한 인간애를 느낄 수가 없다. 시청률이라는 불도저가 뭐든 밀어 뭉개고, 네온사인처럼 반짝이는 프로그램들만 들어서고 있다. 그것들도 시청률이란 불가

사리 앞에서 수명이 얼마나 갈지 알 수 없다. 요즘 방송세태가 그렇다.

하지만 드라마는 시청률만 남기는 게 아니다. 드라마 한 편이 학원을 폭력화하고, 순결한 사랑을 유린하고, 청소년들의 꿈을 바꿔 버리는 풍향계라는 걸 우리는 경험하지 않았던가.

프랑스 작가 프루스트는 "진정한 발견은 새 땅을 찾는 것이 아니라 새로운 눈으로 보는 것"이라 했다. 오래된 것과 버려야 한다는 것은 결코 동일한 의미일 수 없다. 방송은 묵묵히 시대를 이끄는 '문화 버팀목'이어야 한다. 우리에게 자연과 녹지는 왜 필요한가. 〈전원일기〉는 그런 그린벨트였다. 이제 어디서 맑은 공기를 호흡할까. 방송의 정체성이 변해가는 데 미력하고 무능한 이 배우는 그만 말을 잃는다.

〈전원일기〉 첫 회 제목이 '박수칠 때 떠나라'였다. 그 말대로 더 늦기 전에, 박수칠 때 떠나온 셈이다. 하지만 그게 잘한 일이었을까? 우리 방송 드라마의 현실이 박수를 받을 만한가? 왜 자꾸 뒤돌아봐지고, 혼란스럽고 말 많은 세상을 향해 한마디 더 보태고 싶어지는지, 그 까닭을 나는 물을 곳이 없다.

내 마음의 바다
〈그대 그리고 나〉

〈그대 그리고 나〉는 MBC에서 1997년 10월 11일에 시작하여 1998년 4월 26일에 방송이 종료된 드라마다. 이재갑 기획, 최종수 연출, 김정수 극본의 주말 드라마였는데 마지막 회였던 58회는 시청률이 66.9퍼센트를 기록할 정도로 당시 최고의 인기를 구가했다.

총 150여 일 촬영 기간의 80퍼센트에 달하는 120여 일을 야외촬영으로 진행했고, 주요 촬영무대였던 경북 영덕을 왕복한 거리만도 13만 킬로미터에 달했으니 서울과 부산을 무려 145번을 오간 셈이었다. 촬영기간 동안 동원된 연기자만도 연인원 2,959명이었다는 자료를 본 적이 있다.

당시의 사회적 환경은 최악으로 치닫고 있었다. 드라마가 시작된 1997년 11월 국가에서는 IMF 구제 금융을 신청한 상태였고, 같은 해 12월 IMF 관리 체제 안으로 들어가게 되어 온 국민이 실의에 빠져 있을 때였다.

드라마는 부잣집의 능력 있는 여자 수경과 어촌 출신의 반듯한 남자 동규가 갈등 끝에 결혼하여, 허풍이 센 홀시아버지와 말썽 많은 시동생, 시누이들과 부대끼며 살아가는 스토리를 담고 있었다. 다양한 연령층을 파고드는 흡인력을 가진데다가 가족의 중요성을 강조하는 코믹 터치 홈드라마였기에 시련을 겪고 있는 국민들이 〈그대 그리고 나〉를 통해 많은 위로를 받은 것으로 짐작된다.

출연자들의 면면도 화려했다. 윤수경 역을 맡은 최진실, 박동규 역을 맡은 박상원을 중심으로 차인표, 서유정, 송승헌, 이본, 김지영 등 젊고 패기 있는 배우들이 출연했다. 물론 동규의 아버지이자 왕년의 마도로스였던 박재천 역은 내가 맡았고, 수경의 어머니 역에는 김혜자, 아버지 역은 심양홍이 맡았다.

특히 나와 삼각관계를 이루었던 홍여사 역의 박원숙, 계순 역의 이경진 그리고 나의 고향친구 역을 맡아 아랫입술을 말아 넣은 아주 독특한 발성과 몸짓으로 감초 역할을 톡톡히 했던 양택조 등 관록 있는 연기자들의 경륜과 신세대 연기자들의 밝고 맑은 감각이 합쳐져 하모니를 이루었다.

〈수사반장〉의 연출을 맡았던 최종수 PD가 연출을 맡은 것도 좋았지만 무엇보다 반가웠던 것은 〈전원일기〉를 초창기부터 10년 넘게 집필하다가 1993년 초에 떠났던 김정수 작가와의 만남이었다. 당시 나는 본의 아니게 정치에 몸을 담았다가 방송으로 돌아온 터라 몸과 마음이 피곤한 상태였다. 촬영에 들어가기 전 김정수 작가는 내게 말했다.

"국회에 갔다 오셨으니 나라 사정은 좀 보셨겠네요. 이제 국회의원보다 더 말을 많이 하는 역할을 드릴 테니 한번 해보세요."

김 작가의 그 말은 망설이던 내게 용기를 주었다. 그러나 캐릭터 연구를 하러 목포, 부산, 영덕 등 항구를 돌았는데 뱃사람이나 선장치고 말 많은 사람이 없었다. 그들이 뭐 하러 왔냐고 물어서 드라마 때문에 왔다고 대답하면 '아, 그렇습니까' 하고 그걸로 입을 다물었다. '밥 묵었나. 자자'라는 말 외에는 입을 열지 않는다는 우스개가 사실임을 확인했다. 그들은 설령 말을 꺼낸다 해도 가려서 하는 것이 아니라 나오는 대로 솔직하게 표현하는 사람들이었다. 그들은 내 얼굴을 빤히 쳐다보며 말했다.

"진짜 보니 별거 아니네요."

"마, X도 아이다."

그런 식이었다. 악의가 있는 것이 아니라 그냥 나오는 대로 표현하는 것이었다.

뱃사람들은 새벽 세 시 정도에 집을 나서는데, 아이들 방문을 열고 마지막이라는 심정으로 바라본다고 토로했을 때는 모두가 숙연해지곤 했다. 부인은 그런 남편을 바다로 보내 놓고 방에 들어가 일기예보부터 듣는 것이 생활이고 습관이었다. 내가 본 그들은 어찌나 단순한지…… 만선이든 아니든 일단 육지로 들어오면 제일 먼저 다방부터 찾아가 뒷방에서 고스톱을 치는 것이 의아했다. 행동으로 먼저 표현할 뿐 그들은 말을 앞세우지 않았다.

그런데 드라마가 시작되고 첫 대본에서 내가 말을 너무 많이 하는 인물로 그려졌다. 하여 첫 녹화 때는 할 수 없이 대본에 따라 말수가 많은 뱃사람으로 그려졌지만, 점차 현실감을 살려 말을 싹 줄이니 그제야 제대로 된 캐릭터가 나오게 되었다.

애시당초 〈그대 그리고 나〉의 주연은 최진실과 박상원이었는데, 드라마가 인기를 끌고 종반으로 치달으면서 극의 내용이 예상하지 못한 방향으로 흐르기 시작했다. 어떻게 하다 보니 내가 맡은 박 선장의 비중이 높아졌던 것이었다. 자식 역을 하고 있던 차인표, 서유정, 송승헌 등 젊은 사람들의 사랑은 크게 주목을 받지 못하고, 나를 비롯한 나이 먹은 사람도 사랑할 수 있다는 이야기에 시선이 쏠렸던 것이었다. 드라마의 내용을 잠시 얘기하자면 이렇다.

내가 연기한 박 선장의 본처가 암에 걸렸을 때 가정부로서 집안일을 도우러 온 계순(이경진)과 운명적이라고 해도 좋을 하룻밤 사랑을 나눈다. 그날의 일로 계순은 임신을 하고 만다. 계순은 애를 낳아서 박 선장에게 주고 떠났는데 그 아이가 민규(송승헌)였다. 결국 병을 앓던 아내는 죽고 나는 하룻밤 정을 쌓은 계순을 잊지 못하여 재혼도 하지 않고 4남매를 키운다. 엄마 없이 자라는 민규를 늘 애틋하게 바라보면서 감싸 주곤 했는데 결국 민규는 자기의 친엄마인 계순을 찾게 된다.

친엄마와의 재결합을 바라는 민규의 말을 듣고 나는 계순을 찾아간다. 언덕 위 2층집에 살고 있는 계순과 만나는 장면은 내 일처럼 잊혀지지 않는다. 나는 계순에게 함께 살자고 말한다. 그러나 계순은 이미 다른 사람과 경험이 있는 몸이고 나와 다시 만난다는 것은 말도 안 되며, 같이 살기도 싫다고 말한다. 그 말을 듣고 난 후 나는 이승에서 안 된다면 저승에서나 만나 살아 보자고 말하곤 발길을 돌렸다.

실망을 애써 참으며 바깥으로 걸어 나오다가 나의 다리는 휘청거렸다. 주변은 땅이 파였거나 굴곡이 진 곳도 아니었고, 대본에 있는 행동도 아니었다. 물론 박재천이라는 인물은 50대 홀아비였고, 입으로 소주병을 딴 뒤 '뭬' 하고 마개를 멀리 뱉어내는 사람이기는 했다. 그러면서도 입심이 그럴 듯해 40대 여성들을 휘어잡는 매력남이었다. 그러나 나는 그러한 인물이라 하여도 슬프고 침울한 정념情念에 빠져 있을 때는 다리가 휘청거릴 거라고 판단했다. 그것은 연기였지만 캡틴 박에 대한 배려였다. 평가는 엇갈렸다. 그 장면을 유심히 본 누군가가 내게 말했다.

"선생님, NG 필름이 그대로 들어간 모양이에요."

내가 무엇인가에 걸려 발을 삐끗한 것으로 판단한 것이었다. 나는 실망했고, 내 연기가 많이 부족하다는 생각에 마음이 편치 않았다. 그런데 또 누군가가 말했다.

"그 신이 너무 좋았습니다. 연인에게 저승에서나 만나 살아보자고 얘기하고서 돌아나올 때 쓰러질 것처럼 걷는 모습이 아주 인상적이었습니다."

특별히 표를 내지는 않았지만 그 말을 듣고 나는 흐뭇했다.

드라마 〈그대 그리고 나〉는 내게 여러 가지로 의미가 깊다. 이유야 어쨌든 국회의원 선거에서 낙선한 뒤에 심기일전한 작품이기도 했고, 천생 내 직업은 배우라는 사실을 일깨워 준 드라마이기도 했다. 낙선 이후, 어떤 분이 내게 말했다.

"최 의원, 일부러 안 찍었어. 당신은 드라마로 더 큰 정치해야지."

이래저래 고마운 드라마가 〈그대 그리고 나〉였다.

박원숙과
이경진

 1971년 〈수사반장〉에서 1997년 〈그대 그리고 나〉 이전까지 크고 작은 역할로 내가 참여한 드라마만 어림잡아 40편이 넘었다. 그러나 그 많은 드라마 중 제 나이에 맞는 역할은 쉬이 떠오르지 않는다. 그러다가 드디어 〈그대 그리고 나〉에서 나는 내 나이를 찾았다. 다른 드라마와는 달리 극중의 박재천은 특별히 분장을 하지 않아도 될 만큼 내 나이에 맞는 인물이었고, 미사여구 없는 말투나 속에 쌓아 두지 못하고 즉각 터뜨려 푸는 성격까지 나와 많이 닮아 있었다. 남들은 내게 연기적 변신이라고 했지만 나로서는 오히려 잃었던 나를 찾은 느낌이었다.

 사람들이 배우의 연기에 찬사를 보낼 때는 반드시 그럴만한 이유가 있다. 배우의 연기는 분석과 집중을 통해 자기 자신과 싸워 얻은 것이기 때문이다. 연기에 물이 오르면 자연히 배우들은 극 중 인물과 자기 자신 사이의 벽을 망각하게 된다. 창조된 인물에 동화된다는 뜻이다. 〈그대 그리고 나〉에서 배우 박원숙과 이경진도 비슷한 감정을 느끼지 않았나 싶다.

상황을 설명하자면 드라마의 내용을 잠시 확인해 볼 필요가 있다. 극 중에서 나는 치밀한 계획 끝에 홍 여사(박원숙)로부터 사랑한다는 말을 받아 낸다. 홍 여사가 여우에 홀린 듯한 기분으로 분통이 터지하면서도 새로운 인생에 대한 기대로 부풀어 있을 때, 이 골목에 한 중년 여자가 나타난다. 몰래 숨어서 누군가를 훔쳐보고 있는 여자, 바로 민규(송승헌)의 생모 계순(이경진)이다. 고생만 하다가 병까지 든 계순을 보는 순간, 나는 그녀의 머리채를 잡아끌어 패대기를 친다. 뭐 하러 나타났냐고 하면서……. 그러나 다음 순간 늙은 플레이보이인 내 눈에서 눈물이 흘러내린다.

그렇게 작품이 거의 끝나 갈 무렵이었다. 부천에 일이 있어 갔다가 늦은 점심을 먹으려고 한 식당에 들어갔는데 아주머니가 반갑게 맞으며 내게 물었다.

"누구하고 결혼하실 거예요?"

박원숙과 이경진 둘 중 누구를 택할 것이냐를 물어본 것이다.

"작가가 알지 내가 알겠습니까?"

나는 그렇게 웃으며 대답을 했다. 그런데 어떤 젊은 부부가 마침 식당에 들어섰다. 나를 발견한 젊은 여자는 내게 다가와 물었다.

"선생님, 누구하고 결혼하실 거예요?"

똑같은 질문이었다.

"글쎄요. 나는 모르지만 작가는 알고 있겠죠. 그런데 누구하고 결혼하면 좋겠습니까?"

나는 그렇게 대답하고 되물었다.

"박원숙 씨요."

젊은 부부는 당연하다는 듯이 말했다. 그 말을 들은 식당 아주머니가 그 부부가 손님이라는 것도 잊은 채 말했다.

"아니, 젊은 사람들이 무슨 말을 그렇게 해? 당신 한국사람 맞아? 자기 자식을 낳아 준 애 엄마에게 가는 게 도리지. 도대체 그게 무슨 소리야?"

나이가 든 식당주인 아주머니가 따져 묻자 손님인 젊은 부부가 주눅이 들어 어쩔 줄을 모르는 웃지 못할 상황이었다.

방송국 내에서도 드라마의 결말과 관련된 설문 조사에 들어 갔다. 결과는 생각보다 싱겁게 끝났다. 인터넷으로 조사를 해보 니 73퍼센트 정도가 박원숙과 결혼하라는 것이었다. 그러나 나는 젊은 사람들이 주로 사용하는 인터넷으로는 공정한 조사가 될 수 없으므로 ARS로 다시 해보라고 요구했다. 그래서 무작위 로 조사를 한 결과 72퍼센트 정도가 이경진과 같이 살라는 정반 대의 응답이 나왔다. 젊은 층은 홍 여사인 박원숙과 결혼하기를 원했고, 중장년층은 계순 역의 이경진과 재결합할 것을 주문했 다. 조사 결과 자체가 팽팽했으니 이러지도 저러지도 못하는 상 황이었다. 결국 결말은 전적으로 작가에게 일임하는 상황이 되 었으며, 김정수 작가는 장고 끝에 내가 계순이 역의 이경진과 재결합하는 것으로 결정을 내렸다.

그렇게 내려진 결말이 연출자의 입을 통해 출연자들에게 알 려졌다. 출연자들도 나의 선택을 무척 궁금해 하던 터였다. 종 영을 몇 회 남기고 대본 연습을 하기 위해 스튜디오에 출연진이 모였던 날이었다. 마침 분장실 앞에서 나는 박원숙과 마주쳤다. 그녀는 분장을 마치고 나오는 상황이었는데 나를 마주하자 표정이 일시에 변했다.

"으이그!"

그녀는 그렇게 외마디를 남기며 내 앞을 횡하니 지나쳐 갔다. 그러고는 자기 자리에 가서 앉더니 갑자기 울음을 터뜨렸다. 나는 영문을 몰라 그녀에게 물었다.

"집에 무슨 일 있어? 왜 그래?"

박원숙은 내게 쏘아붙이듯이 말했다.

"생시에도 남편 복이 없는 인간이 드라마에서도……."

그렇게 말하고는 다시 울음을 터뜨렸다. 그만큼 자신에게는 남편 복이 없다는 말이었다. 화장이 지워지는 것을 막기 위해 얼굴을 틀면서 그녀는 계속 울었다. 뭐라고 위로를 해야 할지 과연 위로를 해야 하는 상황인지도 판단하기 힘들었다. 대본 연습을 위해 스튜디오에 속속 모여든 출연진들도 난감할 따름이었다. 이상한 상황은 거기서 멈추지 않았다. 박원숙의 말을 들은 이경진도 갑자기 울음을 터뜨렸던 것이었다.

"아니, 당신은 또 왜 울어?"

질문을 해도 이경진은 그저 말없이 울기만 했다. 때 아닌 여인들의 눈물 때문에 나는 그만 난처한 입장이 되고 말았다. 결혼에 세 번을 실패하여 평탄치 않은 삶을 사는 자연인 박원숙과, 지금도 그렇지만 짝을 찾지 못한 채 독신생활을 하고 있는 자연인 이경진의 마음을 헤아리지 못한 탓이었다. 박원숙으로서는 외아들까지 사고로 잃은 아픔이 있는 사람이라 지금 생각

연기에는 두 가지 방법이 있다.

있는 그대로의 자신의 모습을 인물화 하는 자기화自己化 그리고

자신을 작품 속에 그려진 인물로 만들어 내는 형상화形象化.

MBC 〈그대 그리고 나〉(1997)의 캡틴 박 역할을 통해 나는 오랜만에 나 자신을 찾았고,

박원숙 씨는 귀엽고 애교스런 여인으로 거듭났다.

그런데 신문에서는 내가 '연기 변신'을 했다고 보도했다.

해도 가슴이 찢어질 노릇인데, 운명이란 정말 가혹한 것이었다.

그런데 그 와중에 더 알 수 없는 것은 극중 수경의 어머니 역을 맡았던 배우 김혜자의 태도였다. 당시에는 〈전원일기〉에서 같이 출연하는 부부 사이였는데 김 회장인 남편이 젊은 애들하고 연애나 한다는 듯 시선이 곱지 않았던 것이었다. 눈이 마주치면 그녀는 예전과는 다르게 웃지도 않았고, 나를 불편해 하는 구석이 역력했다.

드라마의 마지막 장면은 나와 재결합한 계순이가 배를 타고 바다를 향해 떠나는 장면이었다. 카메라맨은 하늘 위 헬기에서 배를 타고 떠나는 우리를 찍는 상황이었다. 대본에 주어진 설정은 바람이 불자 내가 점퍼를 벗어서 계순이에게 입혀 주는 정도였다. 그렇게 카메라가 돌아가고 있는데 점퍼를 입은 이경진이 갑자기 어깨를 들먹이며 울기 시작했다. 대본에는 없는 상황이었고, 내가 왜 우느냐고 물었지만 그녀는 대답하지 않았다. 촬영이 끝나고 나는 다시 그녀에게 물었다.

"왜 울었어?"

그러자 이경진의 말은 간단했다.

"행복해서 울었어요."

아닌 게 아니라 내가 민규의 말을 듣고 계순에게 찾아가 같이 살자고 했던 장면이 떠올랐다. 그녀에게 거절을 당한 후 돌아서며 걷다가 다리를 휘청거린 상황이 떠올라 가슴이 뜨끔했다. 그럼, 저번에 스튜디오에서는 왜 울었냐고 묻자, 그때도 내가 홍여사에게 가지 않고 자신한테 왔다는 설정이 너무 행복해서 저도 모르게 울었다는 것이었다. 그렇다면 그때 이경진이 흘린 것은 '승자'의 눈물인 셈이었다.

　그러나 눈물을 흘리게 만든 범인은 바로 인물에 대한 몰입이었다. 박원숙이 자신을 빗대어 한탄하며 운 것이나, 이경진이 행복에 겨워 눈물을 보인 것이나, 김혜자가 양촌리 김 회장을 상대적으로 젊은 여자들에게 빼앗겨 쌀쌀맞은 태도를 보인 것이나 모두 그 때문이라고 나는 생각한다. 그들의 태도는 연기를 할 줄 아는 배우들의 버릇 같은 것이라는 게 나의 판단이다.

　배우는 작중 인물을 '자기화'하는 경우와 '형상화'하는 경우가 있다. 그것은 본능적으로 체득하는 것인데, 가끔은 훈련을 통해 선택하는 경우도 있다. 무슨 일이든 1년만 꾸준히 시간과 노력을 쏟다보면 '자기화' 되게 마련이다. 마찬가지로 배우들도 자신이 맡은 역할에 충실하고, 감정을 몰입하다 보면 현실의 나와 등장인물을 동일시하며, 자기화하게 되는 것이다.

　반면 내 경우에는 등장인물을 나에 비추어 '형상화'하는 것에 익숙해 있다. 인물의 특성을 하나부터 열까지 모두 분석하고 그 인물의 세세한 부분까지 설정해서 연기한다는 뜻이다. 예를 들자면 시대적 배경은 언제인지, 등장인물의 상징이 되는 습관은 무엇이며, 그의 성격은 어떠한지까지를 노트해야 직성이 풀리는 것이다. 음악성이 높은 사람이면 두들기는 것이 습관이고, 운동을 하던 사람들은 어깨를 움직인다. 사람마다 제각각 특성들이 있는데 이런 점에 착안해서 성공한 드라마가 〈한백년〉이었다. 그 드라마에서 나는 충복인 머슴이었는데 유인원처럼 손을 길게 늘여서 인사를 하고 다니는 부분을 포착했더니 사람들이 자기 할아버지가 떠오른다며 공감을 해주었다.

내 나이 서른에 40대 후반의 수사반장이 되어야 했고, 마흔 즈음에 60대 중반의 김 회장 역할을 소화해야 했으니 인물을 '자기화' 할 수 있는 재간도, 방법도 없었다. 심지어 연극을 할 때는 20대 때 이미 60~70대 노인의 역할을 도맡아 했으니 더 이상 말해 무엇하겠는가.

지금도 배우 박원숙을 만나면 그녀는 내게 곱지 않은 시선을 보내올 때가 있고, 배우 이경진을 만나면 내게 무안해 하는 것을 느낄 때가 있다. 그렇다고 그것을 걱정할 필요는 없다. 그네들은 배우고, 프로이며, 자연인 최불암을 싫어하거나 사랑한 것이 아니기 때문이다.

변기종, 김동원, 장민호, 백성희, 황정순, 최은희, 정애란, 나옥주…
아직도 내 눈에는 무대 위를 종횡하는 선배님들의 모습이 선하다.
그러나 그분들의 이름이 잊혀져 가는 듯한 안타까움도 잠시,
앞서 간 당신들을 떠올릴 때마다 새삼 두려운 것은
지금의 후배들이 보고 있을 나의 뒷모습이다.

03

무대
뒤에서

Fade In&out
페이드 인 앤 아웃

화면이 점차 어두워지거나 밝아지기 시작하면서
이루어지는 장면 전환을 페이드라고 한다.
화면이 어두운 상태에서 밝아지는 것이 페이드 인,
밝은 상태에서 어두워지는 것이 페이드 아웃.

앞서 간
배우들의
뒷모습

황인뢰가 연출한 〈궁〉은 만화적 상상력과 드라마적 요소가 맞아떨어져 인기를 끌었던 드라마다. 나는 이 드라마에서 성조 역할을 맡았는데, 황태후 박씨 역할의 김혜자와 다시 부부로 만나 질긴 인연을 확인할 수 있었다.

드라마의 제작진은 내게 단 1회만 출연해 달라고 부탁했고, 나는 그것을 주저 없이 받아들였다. 그들은 내게 그런 부탁을 하는 것을 결례로 여긴 모양인데 천만의 말씀이다. 오늘의 내가 있기 전 나 역시 무대 위를 부지불식간에 지나가는 엑스트라였다. 엑스트라가 무대를 한 번 지나가는 일에도 수많은 연구가 필요하다. 천천히 걸어갈 것인지, 뛰어갈 것인지, 어떤 마음가짐과 걸음걸이로 지나가는 것이 좋은지를 고민해야 하는 것이다. 작품에 필요하기만 하다면 나는 단 1회의 출연뿐 아니라 신체의 일부만 촬영하는 일이라 하여도 언제든 응할 용의가 있다.

나는 리얼한 연기를 하는 배우들이 좋다. 외국 배우 중에서는 제임스 딘, 말론 브란도, 로렌스 올리비에, 존 길가드, 리처드 버튼, 클린트 이스트우드, 게리 쿠퍼 등 사실적이면서도 개성이 강한 연기자를 좋아한다. 클린트 이스트우드나 게리 쿠퍼는 엑스트라 출신이라는 점에서 더욱 마음이 끌린다.

게리 쿠퍼는 미국의 전형적인 '와스프WASP 화이트, 앵글로 색슨, 프로테스탄트' 계열의 배우였다. 백인이고, 머리가 노란 앵글로 색슨족이며, 미국의 개척정신을 상징하는 인물인 것이다. 그는 정의로운 로맨티스트와 휴머니스트의 면모를 두루 갖춘 국민 배우로 승승장구했다. 그런데 그가 〈배신〉, 〈모로코〉, 〈무기여 잘 있거라〉 등에 출연하면서 인기가 치솟은 이후 어떤 여배우와 스캔들이 났다.

당시 대통령 루즈벨트는 뉴딜정책을 진행하고 있었는데, 가십 기사를 본 후 게리 쿠퍼를 저녁식사에 초대했다. 식사 후, 대통령이 신문에 난 스캔들의 진위를 묻자 게리 쿠퍼는 사실을 인정하면서도 전혀 양심의 가책을 느끼지 않는 태도를 보였다. 그러자 대통령이 말했다.

"당신이 잘나서 국민 배우로 추앙받는 것이 아닙니다. 대통령인 나마저도 당신을 좋아했던 것은 당신이 정직하고 정의로우며 스캔들 없는 모범적인 미국인의 모습을 보여 주었기 때문입니다. 지금 당신의 스캔들은 당신은 물론, 당신을 미국의 희망으로 내세운 나까지도 파멸시킬 수 있습니다. 내가 뉴딜정책을 펴면서 자랑스러운 미국인의 얼굴로 당신을 내세웠는데 그 사람이 조강지처를 버리고 바람을 피우면 나와, 당신과, 미국은 어떻게 되겠습니까?"

루즈벨트는 게리 쿠퍼에게 자신의 대통령 사직서를 내놓으며 3일의 여유를 줄 테니 가져가서 읽어 보고 정 그 여자를 못 버리겠으면 다시 백악관에 들어오지 말라고 했다. 그렇게 돌아간 게리 쿠퍼는 그다음 날 다시 백악관으로 들어왔고, 그 이후 건강한 미국의 정신을 일구는 데 일조했다는 얘기다. 지금도 미국의 대학이나 고등학교에는 게리 쿠퍼와 존 웨인의 동상이 서 있다고 한다. 그들의 정신을 닮은 미국인을 키우기 위해서 말이다.

어쨌든 미국이라는 나라에는 엘리자베스 테일러처럼 이혼과 재혼을 반복하며 스캔들을 일으키는 배우가 있는가 하면, 게리 쿠퍼나 존 웨인처럼 강직한 성품의 배우도 있다.

민의를 정책에 반영하는 정치인이나 타인의 삶을 대신 살아가는 배우들이 대중의 모범이 돼야 한다는 것은 피할 수 없는 원칙인지도 모른다. 국민을 위해 올바르게 살아 줄 것을 요구한 루즈벨트 대통령과 그것을 흔쾌히 받아들인 게리 쿠퍼의 일화는 배우라는 직업의 의미를 다시 돌아보게 하는 반면교사다.

사람들은 내게 국내 배우 중 가장 영향을 많이 받은 사람이 누구인가를 종종 묻는다. 그때마다 나는 조금이라도 배울 게 있다면 누구건 가릴 것 없이 다 존경한다고 말한다. 그럼에도 굳이 이 자리에서 몇 분을 떠올려 본다면 이러하다.

국립극단 단원 시절, 변기종 선생과 같은 무대에 섰다는 것은 정말 큰 행운이었다. 당신은 한국 신연극 초창기의 연출가이자 연기자로 조선문예단, 조선연극사 등의 창립에 참여했고, 광복 후에는 자유극장을 세우는 한편 국립극단 단장을 지낸 원로이자 연극계의 산증인이었다.

이 책의 앞 부분에서 '연극을 시작하기 30분 전에 늘 무대에 나와 성호를 그으며 기도를 하는 선배가 있다'고 소개한 분이 바로 변기종 선생이셨다. 어느 날, 나는 궁금증을 이기지 못해 선생께 무엇을 기도하는지 여쭤 보았다.

"내 기도? 그것은 그저 내 자신을 잊게 해달라는 주문이지."

선생은 그렇게 담담하게 말씀하셨다. 지금 생각하면 선생이 맡은 배역에 대한 감정 이입의 한 방편이었을 터인데, 기도를 통해 완전히 이완된 상태에서 자기가 그릴 인물 속으로 들어가는 시간이 아니었나 싶다. 그때 우리는 선생의 기도를 방해할까 봐 뒤꿈치를 들고 조용조용 걸어 다녔다. 〈야화〉라는 그 연극에서 선생은 김종서 역할을 하셨는데, 당시 대학생 엑스트라들이 무대 뒤에서 선생의 연기와 표정을 주시하며 감탄사를 연발했던 기억이 난다.

'영원한 햄릿' 김동원 선생이 첫무대에 여자 역으로 등장했다는 사실을 아는 사람은 많지 않다. 선생은 1932년 배재고등보통학교 재학 중 연극부 창립작인 유진 오닐의 연극 〈고래〉에서 선장의 아내 역으로 처음 무대에 섰다. 선생의 대표작이라고 알려진 〈햄릿〉은 전쟁의 와중인 1951년 대구 키네마극장에서 국내 초연됐다고 들었다. 당시 그에게 주어진 시간은 불과 일주일이었는데 하루 17시간씩 초인적으로 연습해 성공적으로 공연을 마친 일은 지금껏 전해 오는 전설 같은 이야기다.

장민호 선생과 백성희 선생도 내게 없는 것이 무엇인가를 고민케 한 배우들이었다. 두 분은 오랫동안 국립극단 단원과 단장을 했는데, 연극계에서 선 굵은 연기로 정평이 나 있는 장민호 선생은 영화 〈태극기 휘날리며〉에서 진석(원빈)의 노인 역으로 분하는 노익장을 과시하기도 했다.

뿐이랴. 황정순, 최은희, 정애란, 나옥주 선생 등 지금도 그분들의 활동하던 모습, 노력하는 모습들이 눈에 선하다. 그러나 그분들의 이름이 잊혀져 가는 안타까움도 잠시, 앞서 간 당신들을 떠올릴 때마다 새삼 두려워지는 것은 결국 지금의 후배들이 보고 있을 나의 뒷모습이다.

살아가는
사람은
모두 배우다

살아가는 사람은 모두 배우다. 연기자들이 역할을 연구하듯 일상의 사람들은 자기 삶을 어떻게 꾸려야 좋을지 고민한다. 주어진 역할이 걸인이든, 깡패든, 술에 절은 주정뱅이건 그들은 자기에게 주어진 배역을 연기한다.

인간에게는 자기를 미화시키고, 자기 이상의 것을 표현하려는 욕구가 내재되어 있다. 배우도 마찬가지다. 연기를 통해 자기 이상의 것을 구현하려고 애를 쓰게 마련인데, 결국 그 욕망을 어느 수준에서 조절하느냐가 성패의 관건이다. 마찬가지로 상대 배우와 '호흡'이 잘 맞느냐, 맞지 않느냐는 서로의 욕망이 만나는 지점을 어떻게 조율하느냐에 달려 있다. 어떤 경우든 내 생각과 상대의 생각이 어긋나면 바람직한 연기가 표출될 수 없는 것이다.

그런 측면에서 본다면 남성 배우 중에서는 김순철, 이순재, 오지명, 이대근, 이정길이, 여성 배우 중에는 김혜자, 나문희,

정혜선 등이 원만하면서도 원숙하게 자기의 캐릭터를 창출하고 용이하게 조율할 줄 아는, 나와 잘 맞는 사람들이다.

작고한 김순철과의 인연은 서라벌예대부터 시작되었다. 대학에서 만난 김순철은 외모부터 와일드해서 처음에 나는 그 친구가 주먹깨나 쓰는 줄 알았다. 그런데 알고 보니 독실한 기독교 집안에서 자란 아주 양순하고 다정다감한 친구였다. 하루는 내가 아파서 학교에 나가지 못하고 집에 누워 있었던 적이 있었는데, 김순철이 집으로 나를 찾아와 손을 덥석 잡았다.

"하나님 아버지, 제가 좋아하는 친구가 이렇게 앓고 있습니다. 빨리 기운을 내게 도와주시옵소서."

그는 나를 위해 간곡히 기도를 해주었다. 몸이 아프다는 핑계가 겹쳐져서 그랬는지 나는 김순철의 기도를 들으며 그만 하염없이 눈물을 흘리고 말았다.

"네 놈들은 아침저녁으로 거울도 안 보냐?"

구두끈을 매면서 외출하려는 우리에게 김순철의 아버지가 그렇게 불쑥 말한 적이 있다. 순철과 부쩍 친해진 나는 연극 연습을 하다가 늦으면 그의 집에 가서 잠을 자곤 했다. 우리는 뜻밖의 말씀에 놀라 서로 마주보면서 행여 얼굴에 뭐가 묻었나 이리저리 행색을 살펴보았다.

그 당시만 해도 배우나 연기자가 되려면 이목구비가 빼어나게 잘생긴 사람이어야만 된다는 통념이 지배적인 시절이었다. 잠시 후, 순철과 나는 서로의 못난 얼굴을 마주보며 크게 폭소를 터뜨렸다. 당신께서는 얼마간의 야유와 걱정이 담겨 있는 나무람을 하신 거였다.

오지명과의 인연은 대학을 졸업하고 들어간 국립극단 단원 시절에서부터 시작된다. 1967년, 그와 나는 KBS의 〈수양대군〉으로 함께 데뷔했는데, 둘 다 연극을 하다가 방송국으로 차출된 케이스였다. 시트콤에 자주 등장한 까닭에 사람들은 그에게서 코믹한 이미지를 기억하는 모양이다. 그러나 그는 연극에서 출발한 정통 연기파 배우이다. 국립극단 시절, 오지명은 늘 내가 하고 싶었던 이순신 역할 등의 주연을 맡았고, 나는 율포 만호나 노인 등 조연을 주로 맡았기에 속 좁은 나를 '언짢게' 만드는 친구였다.

그와 함께 KBS에 들어가고 몇 년이 지난 뒤, 반공드라마 〈실화극장〉의 '제3지대' 편에 함께 출연한 적이 있었다. 오지명은 신문지 한 장만으로도 냉혹한 형사의 캐릭터를 아주 잘 표현해 주목을 받았다.

그때 김동현 작가는 나와 오지명을 다른 이데올로기를 가진 대립 선상의 인물로 설정하여 일종의 연기 대결을 벌이게 했다. 서로 간에 얼마나 흥분을 하며 연기를 했는지 바닥에 깔아 두었던 상판이 달달 떨릴 정도였다. 결국 연기를 하다 중간에 서로 '스톱!'을 외치며 한 템포 속도를 늦춰 진행하는 상황이 벌어지곤 했다.

그렇게 경쟁자로 동지로 함께해 온 그 친구가 뒤늦게 감독으로 데뷔를 하게 되었다. 나와 그, 노주현이 주연을 맡아 2004년 개봉한 영화 〈까불지 마〉가 그 영화인데, 우리는 촬영 내내 말 그대로 나이를 잊고 여한 없이 웃고 까불었다.

연기는 욕심만 가지고 하는 게 아니다. 배우의 성격이나 취향

민중극단에서 공연했던 연극 〈恨〉.
나는 영조대왕 역으로, 사도세자를 죽게 한
아버지의 애증을 표현했다.
출연작 중 가장 많은 눈물을 흘렸던 작품이다.

에 따라 표출 방법도 각기 다르다. 하여 나는 지엽적인 것을 다 쳐내고 간명하게, 목표 지점을 향해서 전력으로 돌진하는 태도를 진실한 연기라고 평하려 한다.

문득 인도의 영웅 간디가 떠오른다. 평소에 옷차림이 수수한 사람도 사진을 찍거나 텔레비전 화면에 나온다고 한다면 넥타이를 똑바로 매고, 옷도 좋은 것으로 갈아입으려고 애를 쓴다. 적절한 비유일지 모르겠지만, 그러나 간디는 다 벗고 다 버린 모습으로 우리에게 진실과 감동을 준다. 대중이 보고 싶은 것은 어쩌면 화려함 그 이면에 가려진, 누구라서 예외일 수 없는 초라하고 쓸쓸한 모습일지 모른다.

내가 방송국에 데뷔하던 시절, 사람들은 KBS는 연극 같고 TBC는 영화 같고 그리고 MBC는 드라마 안방극장 같다는 말을 했다. 나는 위선과 가식 없이 내 안방을 시청자에게 보여 주듯 그렇게 연기를 하고자 했다.

1974년부터 출연한 드라마 〈강남가족〉에서 내가 아버지 역할을 하면서 속내의를 입고 연기를 했던 기억이 난다. 나는 아버지의 솔직하고 리얼한 성격을 표현하기 위해 그렇게 성격 설정을 하고 연기를 했는데 1970년대 당시의 정황으로서는 참 파격적인 시도였다.

누가 시킨 것이 아니었지만 1980년대의 〈전원일기〉에서도 구멍 난 러닝셔츠를 입고 그 셔츠를 들어 올리며 잔등을 긁는 모습이 많은 사람들로부터 공감을 얻었던 걸로 기억한다. 〈수사반장〉 역시 마찬가지였다.

'최불암이 나오면 남의 집 안방 훔쳐보는 그런 느낌을 가지게

하자. 아주 솔직하고 진실하게, 거짓 없이 보여 주자.'

그게 내 연기의 모토이고 내 지향점이었다. 배우는 오늘을 살아가는 사람을 거짓 없이 대신한다는 것이, 아니 오늘을 살아가는 사람들은 모두 배우라는 것이 내 생각인 까닭이었다.

내 사랑
'정동 마님'

언론에 자신과 관련된 스캔들 기사가 뜨면 불문곡직하고 부인부터 하는 것이 요즘의 추세다. 그도 그럴 것이 두 사람이 다 유명한 스타일 경우 진실이 무엇이든 인기에 치명적인 악영향을 끼치기 때문이다. 물론 개중에는 연인 관계라는 것을 당당히 밝혀 팬들로부터 공인共認을 받는 경우도 있다. 나로서는 신세대의 그런 자유분방한 사고나 행동을 보고 놀라기도 하지만, 그렇게 공인을 받은 스타들이 헤어졌다고 또다시 언론을 장식하는 것도 요즘 세태다.

나도 언론에서 스캔들의 주인공이 된 적이 있었다. 1968년의 일이었다. 당시 한국일보가 발행하는 〈주간한국〉은 나와 지금의 집사람 김민자가 연애를 한다는 기사를 크게 실었다. 같이 찍은 사진까지 박아 넣은 그 기사는 삽시간에 장안의 화제가 됐다. 분명 일말의 감정은 있었지만 서로 내색하지 않았던 터라 나는 황당하다 못해 잘못하다 들킨 어린아이처럼 부끄러웠다.

결과적으로 나는 그 기사 덕에 다음 해에 김민자와 약혼을 하게 되었고 결혼에까지 도달하게 되었다. 눈치 빠른 기자들이 가망 없는 내 사랑에 물꼬를 터주었다고나 할까.

내가 배우 김민자를 처음 본 것은 1966년이었다. 당시 나는 국립극단 단원으로 〈따라지의 향연〉이라는 작품에 출연하고 있었는데, 연극이 공전의 히트를 치면서 나의 이름 석 자가 대중들에게 각인되고 주목받기 시작한 때였다.

"내 이상형은 눈이 큼직하고 지성적인 면모를 갖춘 여인이야."

연극을 함께하던 동료들이 이상형을 물었을 때 나는 그렇게 말했다. 눈이 작고 감성적인 면이 강하다고 느꼈기에 배우자만큼은 나와 달랐으면 좋겠다고 생각했던 것이다.

"김민자가 제격이네."

"누구? 김민자?"

김민자는 당시 KBS에 갓 입사한 배우였다. 나는 그 여자가 어떻게 생겼는지 궁금했다. 그러던 어느 날, 나는 제과점 '케익파라'의 문을 열고 들어서서 TV가 가장 잘 보이는 자리를 차지하고 앉았다. 새삼 두근거리는 가슴으로 시계를 보며·연속사극 〈정동마님〉이 시작되기를 초조하게 기다렸다. 집에는 텔레비전이 없었기 때문에 제과점을 찾은 것이었다.

그녀가 크고 예쁜 눈매에 지성미가 물씬 풍기는 여성이라는 동료들의 말은 그대로 들어맞았다. 연속극이 시작되자 화면에는 그녀의 정갈하고 반듯한 이마와 지적인 표정이 클로즈업되었다. 그녀는 신인이면서도 주인공 '정동마님'의 역할을 맡고 있었다. 나의 마음은 심하게 흔들렸고, 누군가에게 홀린다는 말을 그때 처음 실감했다.

그 후, 나는 그녀의 마음을 어떻게 사로잡아야 할지 몰라 밤잠을 이루지 못했다. 먼저 어떻게 하면 만날 수 있을까를 고민했는데, 마침 그녀가 점심 때 주로 KBS의 매점을 이용한다는 정보를 입수했다. 호랑이를 잡으려면 호랑이 굴로 들어가라 그랬다! 나는 작심을 하고 KBS를 드나들기 시작했다. 없는 살림에 양복도 한 벌 해 입고 대책 없이 KBS 매점에서 그녀를 기다렸다.

며칠이나 지났을까, 드디어 그녀가 나타났다. 그녀는 쪽진 머리 그대로 매점 쪽으로 다가오고 있었다. 그녀의 모습은 TV에서 본 것보다 훨씬 아름다웠다. 이목구비가 뚜렷했고, 차가운 인상마저 풍겼으나 내 여자라는 믿음은 더욱 굳어져 갔다. 나는 한쪽에서 말없이 기다리다가 몇 사람이 점심으로 먹은 빵과 음료 값을 그녀가 치르려고 할 때 냉큼 앞서 가 그녀 대신 치렀다.

"누구신데 돈을 내주시는 거예요?"

그녀는 쌀쌀맞은 눈매로 물었다.

"최불암이라고 합니다."

"아, 그러세요? 혹시 〈따라지의 향연〉에 나오시는 그분이세요?"

왜 그랬을까. 나는 그녀가 내 이름 때문에 관심을 보인다는 것을 알았으나 우물쭈물하다가 획 나와 버렸다. 그녀가 뭐라고 묻는 듯도 했지만 나는 애써 외면했다. 집사람이 내가 출연한 연극 〈따라지의 향연〉을 보고서 감동을 받았다는 말은 나중에야 들었다. 그렇게 나의 이상형인 김민자와의 인연이 시작되었다. 그러나 더 급한 것은 생계였다. 나는 홀어머니를 모시고 사는 가난한 연극배우에 지나지 않았던 것이다.

1967년, KBS 측으로부터 내게 스카우트 제의가 들어왔다. 고민은 더욱 깊어졌다. 끝까지 연극쟁이로 남겠다는 의지가 흔들렸던 것이다. 관객도 없는 카메라 앞에서 어떻게 연기가 가능할까 의문스러웠다. 심지어 배우가 기계 앞에서 몸을 팔아서는 안 된다는 묘한 오기까지 솟구쳤다.

하지만 결국 나는 KBS로 가기로 결심했다. 당시 KBS 김학송 PD의 적극적인 권유를 물리치기 어려웠고 아니, 그보다도 결코 포기할 수 없는 김민자가 그곳에 있었기 때문이었다. 나에게는 그녀가 필요했다. 수정처럼 맑은 표정, 차고 맑은 목소리가 아른거렸다. KBS에 들어가면 그런 것들이 내게 다가올 것 같았다. 달콤하고 감미로운 상상은 반복적으로 내 가슴을 떨리게 했고 그녀야말로 내 영혼을 구해 줄 천사라고 확신했다.

KBS에 특채로 들어간 이후, 나는 드라마에서 주로 노인 역할을 맡았다. 나는 내 옷을 입은 것처럼 편안하게 연기할 수 있었다. 무엇보다 즐거웠던 것은 〈신의 대리인〉, 〈흙〉 등의 드라마에서 김민자와 함께 연기를 하게 되었다는 점이었다. 그녀와 연기를 하면서 웃음을 참지 못해 촬영이 중단되는 일도 벌어졌다. 나는 매번 우연한 데이트를 만들기 위해 그녀의 퇴근시간을 기다리곤 했다.

그러다가 그만 주간지에 나와 그녀의 스캔들 기사가 터지고만 것이다. 다행히 그 기사 이후 우리 두 사람의 관계는 더 가까

1968년 KBS 연습실에서. 노련한(?) 선배 사진기자가
지금 김민자 씨가 대사를 외우고 있으니
그 옆에 가서 좀 들여다보라고 했다.
이 사진이 〈주간 한국〉에 실리면서
우리 두 사람의 관계가 세간에 알려지게 되었다.

워졌지만 그렇다고 안심할 수도 없는 노릇이었다. 나는 집사람을 노리고(?) KBS로 들어온 반면, 집사람의 입장에서는 내가 만족할 만한 결혼 상대가 아니었기 때문이었다. 나는 아직 가난했고, 외아들이었으며, 명동의 '은성'이라는 술집을 운영하는 홀어머니를 모시고 있었던 것이다. 물론 이러한 조건들이 나로서는 하등 부끄러울 것 없었지만, 그녀와 그녀 주위의 사람들이 결혼 결정을 내리는 데 장애가 되고 있는 것은 틀림없는 사실이었다.

1968년, 나는 오태석 작, 임영웅 연출의 연극 〈환절기〉로 '한국연극영화상'(후에 명칭이 '백상예술대상'으로 바뀌었다)을 수상했다. 〈환절기〉는 기억을 잃어버린 한 사내가 무대에 나와 말 없는 연기를 펼치는 극이었다. '한국연극영화상'은 집사람과 나의 스캔들 기사를 냈던 한국일보에서 주관하고 있었는데 당시로서는 좀 파격적인 상이었다. 집사람은 1967년에 한국연극영화상 신인상을 받았고, 1968년에는 KBS TV 인기상을 수상했으나 1969년 봄에 TBC로 옮겼다. 집사람과 나와의 관계가 공식 커플이라는 것이 알려졌고, KBS는 집사람이 6년간의 활동으로 배우로서 입지를 굳힌 곳이지만, 그녀가 나름의 굳은 의지를 밝히자 전속 계약이라는 관행을 깨고 순순히 풀어주었다.

아내와 급속도로 가까워진 것은 바로 그 연극 〈환절기〉에 함께 출연하면서였다. 결국 나는 1969년에 동료와 가족들의 축복 속에 김민자와 약혼식을 올렸다. 그리고 1970년 6월 27일 마침애 서울 대연각호텔에서 결혼식을 올렸다. 그토록 가슴 졸이던 사랑이 4년 만에 결실을 맺는 순간이었다.

나와 집사람은 상반되는 점이 많다. 감성적인 나는 화가 나면 속에서 무언가가 위로 끓어오르는 반면 이성적인 집사람은 그럴수록 감정을 아래로 가라앉힌다. 나이가 들면서 조금씩 서로 상반된 부분을 닮아 가는 것도 꽤 재미가 있다.

예나 지금이나 집사람은 영화보다는 드라마, 드라마보다는 연극을 더 사랑한다. 그것은 나 또한 마찬가지다. 문인들이 장르를 떠나 끊임없이 시詩를 동경하듯, 배우들은 연극 무대를 향한 무한한 그리움을 가지고 있다. 지금 생각해 보면 아내가 내게 관심을 보인 것도 연극에 빠져 있던 젊은 날의 내 열정을 높이 사주었던 것이 아닌가 싶다.

인생보다
진한
드라마

1969년 봄, 김민자가 나와 같은 방송국에 있는 것이 불편하여 TBC로 옮겨 갔다. 나도 같은 해 8월 새로 개국하는 MBC로 자리를 옮기게 되었는데, 묘한 것은 두 방송국이 그때부터 경쟁관계에 돌입하게 되었다는 점이었다.

MBC는 텔레비전 드라마를 중심으로 방송을 편성하였는데, 일일연속극 〈사랑하는 갈대〉, 화요연속극 〈이상한 아이〉, 수요연속극 〈역풍〉, 목요연속극 〈아빠의 얼굴〉, 금요연속극 〈나그네〉, 토요연속극 〈회심곡〉, 일요자유무대 〈형사〉 등의 작품이 지금도 생생하게 내 머릿속에 남아 있다.

나는 젊고 의욕에 불타고 있었기 때문에 안정된 KBS보다는 모험이 기다리고 있는 MBC를 선택했다. 예상이 적중했을까, 첫 작품 〈역풍〉에 이어 곧바로 당시 최고의 시청률을 기록한 〈개구리 남편〉에 캐스팅되는 행운을 얻었다.

KBS의 〈실화극장〉을 집필했던 김동현 극본의 〈개구리 남편〉

은 내가 배우 김혜자와 처음으로 부부 역할을 하게 된 작품이기도 했다. 이 만남이 〈전원일기〉의 부부로 이어져 평생의 반려자 아닌 반려자가 된 것이다. 〈개구리 남편〉은 바람난 남편을 아내가 용서하고 가정의 행복을 지키는 내용의 일일극으로 당시로서는 파격적인 남자의 불륜을 다뤄 많은 화제를 낳았다. 유부남이자 공무원 과장 신분인 내가 여비서와 출장을 가 바람을 피우는 내용인데, 여비서 역을 맡은 배우와 침대에서 키스를 하는 장면을 연기한 것이 아마도 내 기억에는, 국내 드라마 최초의 키스 신이었을 것이다. 당시의 프롤로그는 다음과 같았다.

"개구리는 물에서도 살고 뭍에서도 산다. 댁의 남편은 어디에서 살고 있죠? 조심하세요, 개구리 남편."

그러나 국민의 녹을 먹고 사는 공무원이 비서랑 사랑을 나누는 이야기가 당시의 시대 상황에서 받아들여지기는 어려웠다. 당장 여론이 악화되었고, 결국 공보처의 지시에 의해 일부 내용이 잘려 나갔다. 그리고 얼마 안 있어 '사회 전반에 건전하지 못한 영향을 미칠 수 있다'는 우려 때문에 조기 종영을 하고 말았다. 최초로 맡은 멜로드라마의 주인공이었으니 개인적인 실망이 얼마나 컸겠는가. 안타깝게도 그 후로 나는 사랑의 메신저 역할은 해본 기억이 거의 없다.

1971년 3월부터 10월까지 184회 방송된 MBC TV 일일연속극 〈아버지〉라는 드라마도 잊을 수 없다. 100회 예정의 드라마가 두 배 가까이 늘어난 것에서 짐작할 수 있듯이 이 드라마는 독자들의 심금을 울리며 장안의 화제가 되었다.

〈아버지〉에서는 반가운 사람들을 다시 만날 수 있었다. 〈개구

"개구리는 물에서도 살고 뭍에서도 산다.
댁의 남편은 어디에서 살고 있죠? 조심하세요, 개구리 남편."
국내 드라마 최초로 키스 신을 선보인 〈개구리 남편〉(1969)은
숱한 화제를 낳았을 뿐만 아니라 건전하지 못한 내용이
사회에 미칠 파장을 염려하여 조기 종영을 하고 말았다.
내가 최초로 맡은 멜로드라마의 주인공이었는데
안타깝게도 그 후로 사랑의 메신저 역할을 해본 기억은 거의 없다.

리 남편〉을 집필했다가 조기 종영을 당한 후 다시 돌아온 김동현 작가도 반가웠고, 그 드라마에서 아내 역할을 했던 김혜자가 이번에는 나의 딸로 출연했다. 드라마가 아니고서는 성립할 수 없는 인생이었다.

〈아버지〉는 출발부터 순탄치 않았다. 타 방송국의 드라마 〈아씨〉와 〈여로〉에 견줄 작품을 만들자는 기획이 사장실에서 직접 떨어졌고, 그 지휘를 맡은 사람이 배우 유인촌의 친형인 유길촌 PD였다. 그가 구성한 출연진은 아버지 역의 나, 딸 역 김혜자, 김혜자 남편 역 이대엽, 시어머니 역 정애란, 큰아들 역 김상순, 큰며느리 역 도금봉이었다. 유길촌 자신은 물론 출연진의 면면이 대부분 연극인 출신이라는 점도 말이 많았는데, 게다가 유길촌 PD가 고집한 작가 김동현이 또 문제를 불러왔다. 김 작가는 KBS에서 〈실화극장〉을 써서 공전의 히트를 기록하다가 중앙정보부 출신이라는 것과 '반공작가' '어용작가'라는 말에 충격을 받아 MBC로 옮겨 〈개구리 남편〉으로 심기일전한 상황이었다. 하지만 〈개구리 남편〉이 조기 종영을 당하고 후속작이 재미를 보지 못하자 방송국 경영진에서 선뜻 결정을 내리지 못하고 있었다. 그러나 유길촌이 뜻을 굽히지 않았고 한편으로는 김 작가가 직접 사장을 만나 담판을 짓는 우여곡절을 겪은 끝에 힘든 출발을 할 수 있었다.

첫 회 방송은 정년퇴직한 아버지가 어느 날 부인과 사별하는 것으로 시작됐다. 누가 아버지를 모시느냐는 문제가 발등에 떨어졌는데, 장남은 강원도 광산에서 일하고 있고 차남은 부호의 딸과 신혼살림 중이라 어려운 환경이었다. 그래서 출가한 딸 김혜자가 어려운 시집살이 속에서도 아버지를 위해 헌신하는 얘기가 진행되었다. 딸도 아들과 동등하다는, 여권신장이라고 해도 좋을 내용이었다.

그 첫 회의 방송은 내 기억에 오래 남아 있다. 초등학교 교장을 지내고 정년퇴직을 한 나는 아내가 잃고 비탄에 빠져 있었다. 이러한 경우 대개의 사내는 눈물을 흘리기 마련인데 내가 잡은 캐릭터는 그게 아니었다. 누군가 말을 걸어오면 짧은 대답만 할 뿐 그저 담배를 피우며 앉아 있었다.

그리고 마침내 아내의 상여가 나가고, 아내와 함께 살았던 적산가옥을 나서면서 그는 쓸쓸히 집을 한번 돌아본다. 오랜 세월 함께한 아내를 잃고 힘 다 빠진 남자가 자식들에게 의지하려 떠나는 길이 오죽할까. 그 돌아보는 시선에 마루 밑의 고무신이 밟힌다. 가만히 꺼내 보니 죽은 아내의 것이다. 두고 가기 싫은데, 자식들이 보면 뭐라고 할 것만 같아 먼지를 툭툭 털어 슬쩍 품에 넣고 밖에서 부르는 아이들을 향해 돌아서는 아버지. 지금 생각해도 그 장면이 참 마음에 와 닿는다.

그렇게 죽은 아내의 고무신을 품에 품고 밖으로 나가, 이삿짐 리어카를 쫓아가다가 다시 돌아와서 내 이름이 쓰인 문패를 떼어 가지고 가던 장면도 기억에 남는다. 이런 연기를 위해 우리는 모두 함께 많은 연구를 했다.

촬영하던 그 장소에는 우물도 하나 있었다. 그냥 지나치기에는 아까워서 어디 쓰일 데 없을까를 고민하다가 다른 동네로 이사 간 아버지가 술만 먹으면 이 동네로 찾아오는 장면을 만들어냈다. 술 취한 김에 손에는 동태나 고등어를 한 마리 사 들고 휘청거리며 집으로 와서 아내를 부르면, 아내가 아닌 다른 사람이 나오고, 그러면 그제서야 그는 아내가 없음을 통감한다. 그러고 나서는 생전의 아내가 빨래하고 쌀 씻던 우물가로 찾아간다.

"여보, 당신 어디 있어?"

그렇게 우물 안을 들여다보면, 우물 안에 비친 그 얼굴이 마치 아내의 얼굴 같아서 눈물만 뚝뚝 흘린다. 눈물이 떨어져 수면이 흐트러지면, 아내의 얼굴도 함께 흐트러지며 사라진다.

"내가 잘못 왔어. 당신 보러 왔는데, 당신이 없네."

그렇게 슬픔을 억제하면서도 어쩔 수 없는 눈물을 흘리는 장면에서 카메라가 다가오는데, 나는 정색하며 만류했다. 남자의 눈물을, 그것도 아버지의 눈물을 그렇게 직접적으로 보일 수는 없지 않은가. 결국 PD도 나의 의견에 동의했다. 돌아서서 등을 보인 상태에서 간헐적으로 흐느끼는 모습을 찍게 했다.

그제야 정신을 차려 손을 보면 줄 곳 없는 생선을 쥐고 있고, 이것을 우물에 버릴 수도 없고, 그는 망설이는 것이다. 어디로 가지고 가야 하나. 비루한 생선을 아들네에 가지고 들어갈 수도 없다. 어디에도 줄 수 없는 그 생선을 보고 있는 장면에서 페이드아웃(Fade out, 영화나 TV에서 화면이 처음에 밝았다가 점차 어두워지는 것을 말한다)이 되며 여운을 남기면 시청자들이 그만 울음을 터뜨리고 말았던 것이다.

딸로 출연했던 김혜자와의 연출 장면도 기억에 오래 남는다. 오빠네에 얹혀 사는 아버지에게 늘 신경을 쓰는 큰딸의 생일날, 아버지는 고기를 한 근 사가지고 찾아간다. 사돈도 만나고, 딸도 보고 싶어서 고기를 들고 찾아가 마루에 섰는데, 딸은 추레한 아버지가 속상하기도 하고 궁상맞은 모습이 밉기도 해서 그냥 가라고 아버지를 내보낸다. 딸인 김혜자가 하도 몰아내니 허둥지둥 내가 나오는데 그때 처리가 힘들었던 것이 손에 든 고기였다. 끈을 묶어 신문지에 싼 고기 한 근. 속이 상해 나가라고 채근을 해대는 딸에게 줄 수도 없고, 그렇다고 어디 둘 데도 없는데 엎친 데 덮친 격으로 들어왔던 대문을 못 찾아서 이리저리 아버지는 허둥거린다.

결국 나는 사돈의 손에 그 고기를 쥐어 주고 쫓기듯 대문 밖으로 나오고 만다. 카메라는 바깥에서 돌아가고 있고, 허망하게 나온 아버지 뒤로 탁 닫히는 문. 보통은 여기서 주인공이 울어야 하지만, 나는 연출과 의논하여 이 장면에서는 배우가 아닌 시청자가 울어야 한다는 데 합의를 보았다. 배우까지 우는 것은 사족이라는 것이 나의 생각이었다.

내가 울음을 보이지 않고 골목으로 나오고 그 뒷모습을 카메라가 계속 잡아가면, 어느새 아버지인 나는 우뚝 서서 주머니에서 손수건을 꺼낸다. 그냥 코 푸는 것처럼 보일 수도 있었는데, 그 장면을 롱 샷(Long shot, 먼 거리에서 잡은 전망)으로 20미터쯤 뒤에서 보여 주면 시청자는 그게 아버지가 우는 것이라고 느끼며 함께 우는 것이었다. 당시의 이 장면은 두고두고 인구에 회자되었다.

자식 집을 전전하며 구박받는 아버지 역할을 궁리하기 위해 나는 모자를 눌러쓰고 일주일에 서너 번씩 서울역으로 나갔다. 사람들이 알아볼까 봐 모자를 푹 눌러 쓰고 서울역을 오가는 수많은 아버지의 모습들을 살폈다. 헛헛한 그들의 걸음걸이에서

부터 옷차림, 표정까지 세세하게 관찰하고 기록했다.

젊은 시절의 모든 정열과 기운을 자식 가르치느라 다 쏟아 버리고 이제는 매미 허물 벗듯 그저 껍질만 남은 사람. 그래도 성공한 인생이라고 자위하며 일하러 나간 자식 대신 손주를 구부정한 등으로 업고 있는 초라한 모습, 그게 그때 내가 발견한 아버지의 모습이었다.

일단 캐릭터를 잡고 나니 분장은 일사천리였다. 분장 담당에게 내가 아직 30대라 뒷목이며 세세한 부분들이 노인 같지 않으니 꼼꼼하게 분장을 해달라고 부탁을 했다. 어떻게 하냐고 묻는 그에게 기름기 빠진 노인의 피부와, 피부 사이의 깊은 주름까지 세필로 표현하라고 설명을 했다. 다른 이유는 없었다. 시청자들이 나를 보며 자기 아버지를 생각하고, 그 아버지를 불쌍히 여기는 마음이 전달되기를 바랐을 뿐이었다.

딸의 심정, 노인이 된 아버지의 심정을 이만큼 그려 낸 드라마가 있을까. 앞으로 이런 드라마의 탄생이 가능할까. 노인네가 아이를 업고 시장에 가고, 뺑튀기 소리에 놀란 아기를 어르기도 하고, 그 옛날의 자식에게 말을 걸듯 손자에게 웅얼거리는 모습이 그 자체로 드라마가 되는 작품이 바로 〈아버지〉였다. 때로 극은 인생보다 뼈 아프다는 사실을 나는 그때 배웠던 것이다.

지킬 것과
버릴 것

　백상예술대상에서 TV 부문이 신설된 건 10회 때인 1974년이었다. 첫해 TV 부문 수상자는 나와 배우 여운계였다. 나는 MBC TV 〈한백년〉으로, 여운계 씨는 TBC의 〈어머니〉로 연기상을 수상했다. 〈한백년〉은 내가 문밖의 언어를 익혔던 것이 연기에 주효했던 드라마였다. '문밖의 언어'라는 것은 '성 밖의 언어'이자 '서울을 갓 벗어난 언어'라는 뜻으로 내가 임의로 만든 조어造語인 셈이다. 서울 인근에 사는 사람들의 어두운 시대적 삶을 그린 이 〈한백년〉에서 나는 대갓집의 머슴 역을 맡았다.

　어릴 적, 할아버지가 사시던 동네는 하왕십리였고, 어머니가 인천에서 나를 데리고 나와서 산 곳은 신당동이었다. 내가 자주 찾아갔던 당시의 왕십리는 서울의 여러 곳으로 통하는 요로였던 터라 힘깨나 쓴다는 불량스러운 사람들이 많이 모여 있었다.

　이곳의 말투는 일반 서울말과는 달랐는데 서울말이 또박또박하다면, 문밖의 말은 쩌렁쩌렁하게 울리도록 사이를 띄워서 애기하곤 했다. 밭과 밭 사이가 멀고 사람과 사람 사이가 멀어서 소리가 울려야 알아듣기 때문이었는지도 모른다. 예를 들어 '안녕하세요'라는 말도 문밖에 가면 '안녕합쇼'나 '건너옵쇼' 식으로 변해버리곤 했다. 그 인근에서 뚝섬으로 내려오면 물에서 일하는 사람, 육지에서 일하는 사람의 말투가 골고루 섞여 있었다. 나는 어렸을 때 들었던 그 문밖 말을 기본으로, 동네 구석구석을 찾아다니며 농사꾼과 천민들의 말투를 듣고, 조사하고, 흉내를 내며 내 것으로 만들었다.

당시 연극과 영화 부문에서만 상을 수여하던 백상예술대상은 한국일보 장기영 사장의 제안으로 TV 부문이 신설되었고, 앞서 말했던 것처럼 내가 제1회 수상자가 되었다. 이 일을 빗대 장기영 사장은 사석에서 나 때문에 상을 하나 만들었다고 농담을 했다.

고증의 엄정성에 관한 체험은 또 있다. 영화 〈라쇼몽羅生門〉으로 유명한 일본의 대표적인 사극 배우인 미후네 도시로三船敏郎와 한일 합작 드라마를 하기 위해 극작가 신봉승 선생, 배우 김영란 등과 함께 일본에 간 적이 있었다. 그때 의상은 전부 MBC에서 준비하여 보내왔던 터라 배우는 일본말을 배워서 연기만 하면 되는 상황이었다.

근데 정작 옷 보따리를 끌러 보니 문제가 심각했다. 준비된 의상이 모두 새 옷이었던 것이다. 나는 일본으로 잡혀간 도예공 역할을 맡았는데 당시 그들은 조선의 옷을 그대로 입은 채 상투머리를 하고 일본에서 살았다. 그 작품은 내가 분한 도예공의 딸의 사랑 이야기가 주요 줄거리인지라 나는 보조역에 불과했

1974년 MBC 사극 〈한백년〉에서 나는 사대가의 충복 머슴 역을 맡았다. 대사, 의상, 연기 등 모든 측면에서 철저한 시대적 고증을 인정받았다. 당시 한국일보 장기영 회장이 연극영화상과 함께 TV상을 추가하라고 하여 나는 TV상 부문의 첫 번째 수상자가 되었다.

지만, 그렇다 하더라도 적어도 남의 나라에 끌려가서 3년 이상 일본에서 산 사람이 어떻게 새 옷을 입고 살 수 있을까, 라는 생각이 드니 새 옷과 새 상투를 착용하고 카메라 앞에 설 수가 없었다.

하여 이틀 정도 촬영을 미루고 굳이 새 옷을 낡은 옷으로 만들려 했는데 그 일을 할 줄 아는 사람이 없었다. 결국 내가 직접 황토처럼 뻘건 흙을 찾아서 물에 이겨 바르고 말리는 일을 거듭한 끝에 누르스름한 의상을 만들어 냈다.

당시 스튜디오 촬영비는 하루에 몇십만 원, 모두들 말은 못하고 눈치를 보며 전전긍긍했다. 그런 사실을 모를 리 없는 나였지만, 그러나 리얼리티가 떨어지는 의상으로 촬영을 할 수 없다는 원칙을 깨뜨릴 수는 없었다.

당시 김영란과 내가 50여 명의 카메라맨들이 포진한 제작 발표회에 고증에 준한 한복을 입고 등장한 것이 일본 신문에 대서특필되면서 나름대로 국가적인 자부심을 살릴 수 있었다. 역할에 맞지 않는 옷을 입고 연기를 할 수는 없다는 그 고집을 나는 지금도 배우의 자존심이라고 믿는다. 내가 그렇게 지켜 낸 리얼리티의 원칙은 일본 신문에까지 크게 기술되었다.

작고한 정주영 회장과의 일화도 나에게 실제 인물의 형상화에 대한 진정성을 되새기게 한다. 1970년대 후반, 사극 〈사모곡〉에서 나는 환관 김처선 역을 맡았다. 하루는 정주영 회장이 우리 제작진과 출연자 모두를 초대했다. 30~40명쯤 되는 사람들이 정주영 회장의 청운동 자택으로 몰려갔다. 정주영 회장은 직접 마중을 나왔고, 우리에게 정성스럽게 저녁을 대접했다. (우리를 따뜻하게 맞아주었던 시골 아낙 같은 사모님의 모습이 아직도 눈에 선하다.) 정주영 회장은 사극을 워낙 좋아하는 분이었다. 내시 김처선이 문종 때부터 연산 때까지 시종을 했으며, 임금을 지근거리에서 보필하는 자들을 통칭 내시라고 칭하지만 더 세밀하게는 거세하지 않은 내시內侍 와 거세한 환관宦官 두 부류가 있다는 사실史實까지 설명해주는 등 역사에 대한 지식이 남달랐다.

그 자리에서 사람들이 많이 취했는데 내가 누군가와 언쟁을 벌였다. 내가 그 사람과 논박하는 내용이 정주영 회장에게 공감을 불러일으킨 모양이었다. 그다음부터 정주영 회장이 나를 종종 댁으로 초대해서 찾아뵈었는데, 재계의 박태준, 구인회, 문화계의 소설가 김주영, 평론가 박동규 교수 같은 분들을 더러 만날 수 있었다.

한번은 함께 골프를 치러 갔는데 당신의 옷을 보니 엉덩이 부분이 해져서 틀질을 해놓았다. 왜 그런 옷을 입느냐고 물으니 그 옷 말고 다른 옷은 불편해서 못 입겠다는 것이었다. 옷 뿐 아니다. 정 회장의 골프채는 아이언 5개가 같은 제품이고 나머지는 다 만든 곳이 달랐다. 한 세트가 아니라 여기저기서 모았다는 것인데, 장갑도 가죽이 아닌 목장갑을 끼었다. 그리고 골프공을 치면서도 자주 주변을 둘러보며 말했다.

"여긴 이런 나무를 심으면 안 되는데……."

1983년, 김기팔 극본, 고석만 연출로 재벌들의 25시를 그린 다큐멘터리 형식의 픽션드라마 〈야망의 25시〉에서 나는 정주영 회장의 역할을 맡았다. 2004년 7월부터 2005년 3월까지 방영된 이환경 극본, 김진민·소원영 연출의 〈영웅시대〉에서도 다시 정주영 회장의 역할을 맡았다. 하지만 알려진 것처럼 나는 두 번 다 중도 하차를 했다.

〈야망의 25시〉는 실제 인물과 극중 인물이 교대로 나오는 형식이어서 정주영 회장도 극에 출연하게 되었다. 한번은 플랜트에서 촬영하는 장면이 있었다. 우리는 거센 바람에 행여 날려갈까 제대로 올라가지 못하고 있는데, 노구의 정주영 회장은 오히려 거침없이 올라갔다. 우리가 그냥 중간쯤에서 찍자고 했더니, 정주영 회장은 거기는 경치가 안 좋으니 더 올라와서 찍으라고 하였다. 그러나 우리는 끝내 올라가지 못했다.

〈야망의 25시〉는 외부의 압력에 의해 조기에 종영되었다. 제작진과 출연자들이 섭섭한 소회를 나누고 있을 때, 정주영 회장은 제작진과 연기자 40여 명을 다시 청운동 자택으로 초대해 주었다. 〈사모곡〉을 촬영 당시 초대받았을 때는 밤이라서 잘 몰랐는데, 낮에 가서 보니 살림살이가 검소하여 우리들의 눈을 의심해야 했다. 소파의 팔걸이는 얼마나 오래 썼는지 다 해졌고 목욕탕의 타일도 군데군데 떨어져 나간 상태였다. 신발이며 세간도 이미 낡을 대로 낡은 것이어서 우리가 지금 어느 가난한 촌부村夫의 집에 온 게 아닌가 하는 착각이 들 정도였다. 벽에는 박정희 대통령이 쓴 휘호와 함께 몇 개의 서예작품이 걸려 있었는데, '우리 직원들이 직접 쓴 작품'이라며 한참을 자랑했다. 우리나라 최고의 부자가 그렇게 소박하게 살고 있다는 것이 믿기지 않았고, 회사 직원에 대한 애정이 특별하다는 것을 피부로 느낄 수 있었다.

〈영웅시대〉에서 젊은 시절의 정주영은 배우 차인표, 이병철은 배우 전광렬이 맡았는데 그 두 사람 모두 뛰어난 배우라는 것은 의심할 바 없지만, 다만 해당 캐릭터를 소화하는 데에는 다소 아쉬운 점이 보였다. 시청자들은 다시 살아난 정주영과 이병철을 기대하고 있는데, 두 배우는 그 인물들을 자기화시켜 연기를 하고 있었다.

통천의 촌무지렁이, 그 투박한 사람이 출세를 하고 일생을 사는 건데 그 사람의 이야기가 나와 주어야 할 곳에서 말끔한 배우가 나오니 인물의 형상화가 되지 않는다는 것이 나의 판단이었고 우려했던 대로 시청률은 저조했다.

나는 예순 살 즈음부터의 정주영 회장 역할을 맡았다. 조금 경망스럽고 재미있게, 속도감 있게 만들어 가면서 시청자들의 반응을 이끌고 있는 중에 다시 문제가 발생했다. 극의 실재 인물인 이명박 씨가 대선에 나갈 것이라는 예측이 나온 상황에서 그를 지나치게 긍정적으로 부각시킨다는 안팎의 지적에 따라 조기 종영을 했다. 외압이 들어온 것은 아니지만 방송국 경영진의 걱정이 너무 크니까 알아서 접은 것이 아닌가 싶다. 나로서는 이제부터 연기가 재밌겠구나 싶었는데 안타까웠다. 정 회장이 소 몰고 북한에 들어가고, 실어증에 걸리는 상황 등은 본인의 행불행과는 별개로 배우로서는 정말 살맛 나는 연기가 나올 수 있겠다는 기대감을 지니고 있었기 때문이었다.

자이가르니크
효과

신상옥, 김기영 감독과의 만남

나는 1968년 연극 〈환절기〉로 한국연극영화예술상 연기상을, 1974년 TV 드라마 〈한백년〉으로 백상예술대상 남자최우수연기상을, 1979년 영화 〈달려라 만석아〉로 대종상 영화제 남우주연상을 수상했다. 연극, TV 드라마, 영화 등의 분야에서 가장 큰 상을 하나씩 차지했으니 나는 참 억세게 운이 좋은 배우다.

드라마 〈한백년〉과 영화 〈달려라 만석아〉에서 내가 맡은 역할은 노인이었다. 당시 나의 나이는 30대 중후반이었는데, 제 나이에 맞지 않은 역할은 언제나 내게 행운을 불러온 것 같다.

심리학 용어 중에 자이가르니크 효과Zeigarnik Effect라는 게 있다. 틀린 시험문제가 더 잘 기억나거나 첫사랑을 잊지 못하는 현상처럼 미완성 과제에 대한 기억이 완성 과제에 대한 기억보다 더 강하게 남는 것을 가리키는 말이다. 연극이 내게 고향이자 과거라면, TV 드라마는 현실이다. 그렇다면 영화는? '미래 가 아니고 '자이가르니크 효과' 인지 모른다. 영화는 내 몫이 아니라는 판단 아래 나는 1980년대 이후로 스크린에 나서지 않았다.

나의 첫 영화는 1967년 신상옥 감독의 〈마적馬賊〉이었다. 1967년 KBS에 입사하여 드라마 〈수양대군〉에 출연한 것을 감안하면 극단을 떠나 드라마와 영화를 동시에 진행한 셈이다. 몇 해 전 미국 LA에 갔다가 당시 〈마적〉의 조감독을 했던 친구를 만나 당시 사진을 건네받았는데 새삼 감개무량했다. 〈마적〉에서는 중국 최고의 배우인 리리화와 함께 연기를 했다. 신상옥 감독과는 1968년의 〈내시〉, 1970년의 〈만종〉을 함께 작업했다. '뭐가 돼도 될 놈' 이라며 덕담을 해주던 신상옥 감독의 격려가 떠오른다.

1974년 김기영 감독의 〈파계〉는 연기에 대해 새로운 이해를 가지게 된 영화다. 고은의 소설에서 이야기의 틀을 빌려 온 이 작품은 스님들의 일상을 들여다봄으로써 인간의 욕망과 집단의 갈등을 표현했다. 김기영 감독 특유의 문제의식이 번득이고 특히 정일성 촬영감독의 무채색 톤 화면도 강렬한 인상을 남겼다.

전화戰火 속을 헤매던 고아 침애는 서산사의 고승에게 구출되어 입산수도의 길을 걷게 된다. 고승 법연은 탁월한 젊은 승으로 성장한 침애에게 법통을 이어받게 하려는데, 마지막 시련으로 침애에게 절세미인 묘향을 접근시킨다. 다행히 침애는 여자에 대한 자신의 번뇌를 청산하고 단식 수도하여 난관을 이겨 낸다. 그러나 두 젊은이 사이에 사랑의 싹이 튼 것을 알아차린 고승은 자신이 예전 정신적으로 범했던 파계의 정체를 침애에게 보여 주어 침애와 묘향을 속세로 돌아가게 한다는 내용이다.

나는 이 영화에서 서산사의 나이 많은 고승 법연의 역할을 맡았다. 그런데 문제가 생겼다. 고승 역에 맞게 머리를 짧게 잘라야 하는데 나는 그때 이미 〈수사반장〉 역을 진행하고 있었다.

김기영 감독은 절의 고승 역할은 나밖에 할 사람이 없다고 간곡히 부탁해 왔다. 모르긴 해도 내가 꼭 머리를 짧게 깎고 그 작품을 맡아 주기를 바라는 눈치였다. 예술을 위해 머리를 깎으라고 하는 감독과 지금 하고 있는 드라마를 포기할 수 없다고 버티는 나의 갈등 속에서 며칠이 그냥 흘렀다. 그래서 어떻게 됐느냐고? 짠돌이 감독으로 소문난 그가 당시 시세로는 최고가의 대머리 라텍스 가발을 맞춰 주었다. 결국 가발을 쓰고 촬영을 계속했지만 왜 굳이 내게 그 역할을 맡겼는지 의문은 가시지 않았다. 솔직하게 말하자면, 지금도 당시의 연기 완성도에 대해서는 자신이 없다.

이를테면 죽음을 앞두고 '산은 산이요, 물은 물이로다' 같은 열반송을 토하는 고승의 풍모가 나와야 하는데 몸에 배어 있지 않은 것이 연기인들 우러날 리 없었다. 할 수 없이 큰 지팡이 하나를 어깨에 기대어 세우고 벽에는 '없을 무無' 자 하나를 써놓고 그 앞에 앉았다. 허나 살아 있으되 살아 있지 않고, 존재하는 동시에 존재하지 않는 것을 느껴야 하는 감정이 도통 살아나지 않으니 고역도 그런 고역이 없었다. 그러자 김기영 감독이 나서서 200~300명이나 되는 엑스트라를 다 물렸다. 목숨이 간신히 남은 고승이 뒤에 '없을 무' 자 하나만 지고 있는 그런 모습이 될 때까지 날 혼자 두는 것이었다. 감독은 가끔씩 들어와서 보기만 할 뿐 내가 깊이 침잠하는 그 시간을 방해하지 않았다. 생각해

보면 그는 예술을 향한 열정과 배우에 대한 배려가 남달랐던, 시대를 앞서 간 예술가였다.

낙이불류 애이불비 樂而不流, 哀而不悲

〈영자의 전성시대〉. 헐리웃 영화가 위세를 떨치던 1970년대 중반, 폴 뉴먼, 로버트 레드포드 주연의 〈스팅〉을 제치고 서울 관객 36만 명이라는 놀라운 기록으로 당당히 그해 흥행 1위에 오른 우리 영화다. 작가 김승옥의 탄탄한 대본 위에 김호선 감독이 메가폰을 잡고, 송재호와 염복순이 주연으로 나선 그 영화에서 나는 늙은 보일러공으로 나왔다.

한때 열풍처럼 번진 '호스티스 영화'의 서막을 열었다는 평가를 받았던 이 영화는 그러나 생각과는 달리 내용이 어둡지 않았고, 싸구려 감성에 기대어 관객의 눈물을 자극하지도 않았다. 무엇보다 서민적인 등장인물들의 캐릭터 자체가 사랑스러웠다. 나와 같은 나이인 송재호는 20대 청년으로 나왔고, 나는 황혼기에 접어든 노인으로 등장했다는 것이 잠시 화제가 되기도 했다.

1978년에 출연한 유현목 감독의 영화 〈문〉은 나를 예술가의 덕목에 눈뜨게 했던 작품이다. 〈문〉은 파상풍에 걸린 가야금 명창 우단 선생과 그의 딸 그리고 그 딸을 통해 우리 가락을 알고 싶어 하는 일본인이 만들어 내는 스토리였다. 내가 가야금 명창인 우단 선생을 연기했고, 일본 아악계의 독보적인 위치에 있는 일본인 작곡가이자 명연주자 역은 배우 박근형이 맡았다.

배우 방희가 나의 딸로 출연했는데, 아버지에게서 가야금을 배워 일본에 가서 공연을 하다가 그 가락을 알고자 하는 일본인을 만난다. 가야금을 누구에게 배웠냐고 묻는 일본인에게 딸은 "아버지에게 배웠는데, 당신은 연주를 못하고 말로만 가르칩니다" 라고 대답한다. 결국 그 일본인이 제주도까지 찾아와서 가락을 배우고자 하나 일제에 핍박당하여 파상풍에 걸린 노인은 더이상 악기를 다룰 수 없다고 거절한다. 사실은 비전秘傳된 가락이 일본에 전수될까 두려워 손을 다 못쓰게 만들었던 것이다.

그러나 결국 우단 선생은 그 앞에서 손가락에서 피가 흐르도록 한 곡을 연주한다. 그러고나서 '낙이불류 애이불비 樂而不流, 哀而不悲' 라는 곡명을 담뱃갑 종이에 낙서처럼 써준다. 일본 사람은 충격을 받은 후 이 쪽지를 가지고 한라산에 있는 산정으로 가서 자살을 한다. 이 얘기는 실제 있었던 일을 영화에 접목한 것이라고 들었다.

'낙이불류 애이불비'. 즐거워도 휩쓸리지 마라, 슬퍼도 비탄에 빠지지 마라. 영화 속에서 우리 음악은 거침없이 드러내는 일본의 음악과는 달리 은유와 여백이 있는 음악으로 그려졌다. 곧장 귀에 꽂히는 음악이 아니라 황토벽에서 걸러지고, 창호지를 통해 밖으로 나간 소리가 감나무에 걸리고, 그 가지를 돌아 또 나무 끝에 걸리고, 그렇게 흘러가다 다시 돌담에 걸리며, 담장에 걸린 후 바람결에 잦아들어 흩어지는 음악이 바로 한국의 음악이라는 메시지를, 신라시대 가야금의 비조 우륵의 말을 빌려 함축적으로 표현한 것이었다. (이 말은 본래 '낙이불음 애이불상樂而不淫 哀而不傷' 이라는 공자의 말을 삼국사기 저자 김부식이 변용한 것이라 들었다.)

이 영화 이후로 솟구치는 감정을 내면으로 정제하는, 슬픔으

170

로 슬픔을 끌어안는 연기가 내 목표가 되었다. 그래서 낙이불유 애이불비, 낙이불음 애이불상이라는 구절은 내가 내 자신에게 그리고 후배들에게 늘 강조하는 덕목이 되었다.

1978년 원로 최인현 감독의 영화 〈세종대왕〉도 개인적으로는 의미가 있는 작품이다. 이 영화를 통해 나는 제17회 대종상 영화제 남우조연상을 수상했다. 세종대왕 역에 신성일, 황희 정승 역에 나 최불암. 세종대왕의 업적을 다룬 드라마였는데 노구의 황희 정승 모습을 살리기 위해 의상이며 행동을 이리저리 궁리한 기억이 있다.

그리고 1979년, 나는 〈달려라 만석아〉로 제18회 대종상 영화제 남우주연상을 수상했다. 〈세종대왕〉으로 조연상을, 다음 해 〈달려라 만석아〉로 결국 주연상을 탄 것이다.

이 영화의 감독은 김수용, 그는 영화는 생산해 가는 것이고 거듭 창작해 가는 것이라는 지론을 가지고 있었다. 남우주연상 수상소감에서 나는 감독의 깊이 있는 작업이 이 상을 가져온 것이라고 진술했다. 내면의 사고가 쌓이고 또 쌓여서 표현하는 것, 그것을 김수용 감독에게서 느끼게 되면서 내 연기는 아무것도 아니구나 하는 생각을 했다. 그를 본받으려고 그가 잠을 자지 않고 있으면 나도 깨어 있었다. 그렇게 밤새워 인물의 심리와 상황을 고민하는 그의 태도에서 연기라는 것이 결국 의식의 산물이고 얼마나 치열하게 고뇌하느냐에 따라 그 가치가 결정된다는 것을 깨달았던 것이다.

1980년에 제작된 〈최후의 증인〉은 김성종의 원작을 154분짜리 대작으로 영화화한 작품이었다. 이두용 감독이 메가폰을 잡왔고, 하명중과 정윤희가 남녀 주역, 나는 황바우라는 노인을 연기했다.

영화는 주인공 오병호 형사(하명중)가 양조장 주인 양달수 피살사건을 전담하게 되면서 시작된다. 오 형사는 사건을 추적하던 중 6·25 당시 지리산 공비 손석진이 자신의 죽음을 앞두고 막대한 유산이 묻힌 보물지도를 딸 손지혜(정윤희)를 위해 강만호에게 맡겼다는 비밀을 알아낸다. 강만호는 자수하여 감옥에 갇히고 청년단장 황달수(이대근)는 손지혜를 살해하여 유산을 빼앗고 그녀를 보살피던 황바우까지 모함하다가 살인죄로 무기징역에 처해진다. 그러한 과정에서 사건의 실마리를 쫓는 오병호는 점점 그들의 어두운 비밀과 일그러진 우리 역사의 굴레에 갇히게 된다는 내용이었다. 개봉 당시 검열로 인해 많은 부분이 삭제 상영되어 두고두고 아쉬움이 남았다.

연극, 드라마 그리고 영화

1980년대부터 나는 영화를 내 좁은 등에서 내려 놓았다. 1985년 임권택 감독의 〈길소뜸〉과 1987년 배창호 감독의 〈기쁜 우리 젊은 날〉에 잠깐 얼굴을 내밀기는 했지만 일부러 영화 출연을 피한 것이다. 그렇게 20여 년이 넘게 영화를 멀리하다가 절친한 친구 오지명 때문에 다시 출연한 영화가 2004년에 개봉한 〈까불지 마〉였다. 신예 임유진과 김정훈이 주연이었고, 내가 주먹짱 벽돌 역, 오지명이 무대뽀 개떡 역, 노주현이 잔머리짱 삼복 역으로 조연을 맡았다.

〈까불지 마〉는 액션과 시트콤적인 요소가 섞여 있는 영화였

1970년대 영화 촬영 중
당대 최고의 인기를 구가하던 배우 신성일, 故 최무룡 씨와 함께.
당시는 두 선배들 같은 미남들이 영화의 주연을 독차지 하던 시절.
나는 노역이나 성격 강한 역할을 맡아 내면의 연기를 펼쳤다.
개성 강한 연기자들이 대거 등장한 요즘과는 격세지감이 있다.

다. 젊어서 노인 역을 도맡아 했던 내가 환갑을 넘어서 액션과 스턴트까지 가미된 젊은(?) 역을 했으니 이것도 아이러니라면 아이러니다. 그나저나 이 영화를 통해 다시 보게 된 것은 스턴트 배우들이다. 넘어지고, 맞고, 날아다니고, 저게 인간으로서 가능한 일일까 싶은데, 정작 그들은 괜찮다며 밤새고 몸을 굴리는 것이 안타까웠다.

사람들은 늘 내게 출연했던 영화와 드라마를 물어본다. 본인이 등장했던 작품이니 줄줄이 꿰고 있을 것이라 생각하지만 그러나 내 머릿속에는 수많은 숫자와 내용이 나조차도 풀 수 없을 정도로 중첩되어 있다. 여기에는 내 나름대로 이유와 변명이 있다.

배우 최불암에게는 새로운 캐릭터를 만드는 것보다 이미 형성된 캐릭터를 떨쳐 버리는 것이 더욱 큰 과제였다. 〈수사반장〉을 하면서 〈전원일기〉 김 회장 모습이 나타나면 안 되니까 얼른 잊고, 그 사이에 또 다른 극과 영화를 하게 될 때는 또 〈전원일기〉 김 회장을 잊어야 하다 보니 나라는 사람은 어느새 잊는 게 버릇이 되고 말아서 악수하고 돌아서면 그 사람이 까맣게 될 정도로 '쉽게 잊는' 사람이 되었다.

연극, 드라마, 영화를 모두 해보고 나니 나름대로 차이점과 장단점이 보이기 시작했다. 연기 생활을 연극으로 시작해서 그럴까, 관객과 호흡하며 무대 위에 혼신을 쏟아 붓는 연극에서 나는 살아 있음을 느낀다. 연극보다 부담은 덜하지만 드라마도 어느 정도 연극적인 요소가 있기 때문에 배우들은 나름대로의 역량과 창조성을 발휘할 수 있다.

하지만 영화는 감독의 예술이라는 것이 내 생각이다. 배우가 연기를 어떻게 하든 감독의 손을 거쳐 잘리고 붙여지고 편집되어 다른 연기가 탄생하기 때문이다. 물론 이런 게 영화의 장점이기도 하다. 한번 연기의 맥을 끊고 쉬어 갈 때마다 세심하고 주의력 있게, 더 열정적으로 임할 수 있는 장점도 있다. 그 시간을 견뎌 내는 지구력이 바로 영화라는 생각도 한다. 게다가 연극처럼 한정적 공간이 아닌 스펙터클하고 시공을 초월한 무대를 경험할 수 있으니 영화의 매력은 차고 넘침이 있다.

그러나 내게는 한 컷을 찍고 끊은 다음, 다른 컷을 찍다가 다시 돌아오는 식의 영화적 방법론이 익숙하지 않다. 특히, 배우의 연기력보다 감독의 역량이 절대적으로 발휘되는 영화가 부담스럽다. 이 또한 나만의 자이가르니크 효과인지도 모른다.

문이 닫힌 방안에서 문밖의 아이들을 바라보아야 했던
외로운 유년의 기억이 나에게는 있다.
지금 나는 브라운관 안에 존재하지만,
그러나 마주 앉아서 말하는 것보다 더 깊은 교감을
시청자와 나누고 있지 않은가.
인간의 의식은 그의 삶을 어떻게 가두고, 풀어 주는 것일까.

04

나를 키운
시간들

유년의 방에서
내다 본
풍경

나는 1940년 6월 15일 아버지 최철과 어머니 이명숙 사이의 외아들로 인천에서 태어났다. 아버지는 나를 낳은 직후 임시정부에서 일하던 작은아버지를 찾아 상해로 가셨다. 그때 내 조부모와 삼촌들 그리고 대부분의 가족들이 함께 옮겨 갔는데 이상하게도 유독 어머니와 나, 두 모자만을 인천 어느 한옥 단칸방에 남겨 두고 떠나가셨다. 타향살이의 힘겨움을 아내와 자식에게 겪지 않게 하려는 배려가 아니었나 싶다.

아버지가 상해에서 얼마간의 돈을 보내왔지만, 생활은 언제나 궁핍했다. 어머니는 어린 나를 집에 남겨 두고 인쇄소로 돈벌이를 나가셨다. 나가시면서는, 어린 내가 장난을 치다가 다칠 것을 염려하여 밖에서 문고리를 잠그셨다.

문밖에서 문고리를 닫아걸던 소리는 지금도 생생하다. 멀어져 가는 어머니의 발걸음 소리는 어린 내 가슴에도 슬프게 배어들었다. 방에 혼자 남겨진 나는 베개와 씨름을 했고, 그러다 지치면 구멍이 숭숭 뚫려 있는 장지문에 눈을 바싹 대고 밖을 살폈다. 하루에 한두 번쯤은 안채 주인아주머니의 동정 어린 시선과 마주치기도 했다. 내 또래의 아이들은 가끔씩 방 앞에 몰려와서 혼자 갇혀 있는 나를 놀려 대면서 마루 위에 걸터앉아 찢어진 창호지 사이로 손가락을 쏙 넣었다가 잡아 빼는 장난을 했다. 시끄러운 소리에 안채 주인아주머니가 나오면 참새 떼처럼 몰려 도망가던 그때의 모습들…….

아이들이 가버리고 나면 나는 다시 알 수 없는 감정에 싸여 훌쩍거리곤 했다. 그런 일이 반복되면서 나는 점차 외로움에 익숙해졌고, 어머니가 일을 나가시면 나 혼자만의 드라마가 시작되었다. 갇힌 방 안에서 아버지도 되고, 엄마도 되고, 또 친구도 되었다. 등화관제 시간이 되면 불을 끄고 이불을 쓴 채 상상의 나래를 펼쳤다. 생각은 꼬리를 물었고, 호기심 많은 나를 낯선 곳으로 이끌어 갔다.

유년의 기억이 의식 속에서 어떤 작용을 했는가 곰곰 상념에 빠져들 때가 있다. 몸만 문밖으로 나갈 수 없을 뿐이지 나는 이미 아이들과 뛰어놀고 있었다. 문득 지금의 나와 다를 바가 없다는 데 생각이 미친다. 나는 브라운관 안에 존재하지만, 그러나 마주 앉아서 말하는 것보다 더 깊은 교감을 시청자와 나누고 있지 않은가. 배우가 되려고 그랬을까. 인간의 의식은 그의 삶을 어떻게 가두고, 풀어 주는 것일까, 이런 것들이 나로서는 궁금한 일이다.

외롭고 가난했던 모자의 삶은 아버지가 돌아오시면서 안정을 찾았다. 해방과 함께 귀국한 아버지는 일본인이 두고 간 커다란 적산가옥을 구입하고 인천에서 새 삶을 꾸리셨다. 그러나 우리 세 식구가 곧바로 함께 살지는 못했다. 여자 때문이었다. 큰돈을 번 아버지는 상해에서 만난 여배우를 한국에 데려왔고, 그 일을 당한 어머니는 집을 나가시고 말았다. 어머니의 가출에 충격을 받은 아버지는 화급히 여자를 중국으로 돌려보냈고, 그제야 우리 가족은 함께 생활할 수 있었다.

하얀 스크린 그리고 아버지의 영정

여섯 살 때 인천부두에서 첫 대면한 아버지. 아버지는 귀국 이후 인천에서 신문사와 영화사를 운영하셨다. 그때 나는 잠시 서울 외가에 보내졌는데 가끔씩 인천의 집으로 아버지를 뵈러 가곤 했다. 안채와 떨어진 아버지 사무실 입구에는 '건설영화사'와 '인천일보'라는 큰 간판이 붙어 있었고, 그 안쪽에서 어른들이 웅성거리는 목소리가 새어 나오곤 했다.

사무실은 언제나 손님들과 영화사 직원들로 북적거렸고, 철커덕철커덕 윤전기 돌아가는 소리가 끊이지 않았다. 그 시절의 내로라하는 영화배우였던 신카나리아, 복혜숙, 한은진, 전택이, 이향 씨 등도 심심찮게 아버지 사무실을 드나들곤 했다. 아버지는 그들과 두런두런 얘기를 주고받으며 큰소리로 호탕하게 웃으시곤 했다.

그러던 어느 날, 아버지는 나를 바닷가로 데려가셨다.

"바다의 끝이 보이느냐?"

"……."

나는 대답을 하지 못했다.

"남자도 마찬가지야. 끝이 보이지 않는 포부와 희망을 평생 좇아야 하는 거야."

어린 나는 영문을 몰랐지만 참 근사한 말이라 생각했다.

초등학교 입학식 날, 아버지는 기분이 좋으셨던지 양복까지 근사하게 차려입고 학교에 오셨다. 아버지를 닮아 키가 큰 나를 선생님께서 전학 온 학생인 줄 알고 3학년 줄에다 세웠다. 1학년 교실에 내가 보이지 않자 아버지는 당황하셔서 이 교실 저 교실 뛰어다니며 나를 애타게 부르셨다. 마침내 3학년 교실에 앉아 있는 나를 발견하시고는 이마에 땀방울이 송송 맺힌 채 환하게 웃던 그 모습을 나는 영원히 잊지 못할 것 같다. 당신은, 미제 과자가 먹고 싶어 어머니께 떼를 쓰는 아들의 모습을 보고 어디서 구하셨는지 듬뿍 가지고 오셔서 어머니께 맡겨 놓으신 여느 아버지와 다를 바 없는 정 깊은 아버지였다.

내가 막 아버지의 존재를 느끼기 시작한 초등학교 2학년 때 아버지는 돌아가셨다. 아버지의 나이 35세 때였다. 손수 기획하고 제작하고 있었던 영화 〈수우愁雨〉의 시사회를 코앞에 두고 너무나 급작스럽게 유명을 달리하셨다. 시사회 하루 전날 서울 남산호텔에서 직원들과 중요한 일을 의논하다가 과로로 쓰러지고 만 것이었다.

아버지의 영정 앞에서 열렸던 눈물의 시사회를 나는 또렷이 기억한다. 어둠 속에서 나는 아버지의 영정을 끌어안고서 하얀 스크린을 물들여 가는 영사기에서 쏟아지는 빛과 그림자들의 행렬을 철없이 바라보고 있었다. 어두운 실내 이곳저곳에서 들려오는 가족들의 울음소리. 어린 나는 무엇보다도 어머니의 오열하는 소리에 더욱 슬퍼져서 뜻 모르고 따라 흐느꼈다. 어른들이 만들어 내는 풍경들이 그저 한없이 두렵고 알 수 없었기 때문이었다.

사랑을 위해
몸을
던지다

아버지가 돌아가시고 어머니는 다시 생활 전선에 뛰어들어야 했다. 집을 처분한 돈으로 인천의 동방극장 지하에 '등대뮤직홀'이라는 음악다방을 열어 생계를 꾸리셨다. 그 무렵이 초등학교 2학년 때였다.

이때 나의 키는 5, 6학년 학생들만큼 컸었고, 공부도 곧잘 했기 때문에 1학년 때부터 줄곧 부반장을 도맡았다. 몸도 민첩해 달리기, 공놀이 같은 운동에도 능했고, 구슬치기, 딱지치기도 잘해서 친구들에게 꽤나 인기가 있었다. 무엇보다 내가 들려주는 영화 이야기에 넋을 빼앗긴 친구들이 수업 끝나기 무섭게 내게 몰려들었다.

지금이야 시내에 널린 게 영화관이고, 인터넷이나 비디오로 못 보는 영화가 없지만 당시에는 극장을 찾지 않고서는 영화 관람이 불가능할 때였다. 상고머리 중고등학생들이 극장 뒷문을 드나들며 몰래 영화를 보다가 주인에게 걸려 혼이 나던 그 시절, 나는 극장 지하 음악다방 주인의 아들이라는 특권으로 극장을 안방처럼 드나들었다. 존 웨인 주연의 서부영화나 〈타잔〉 등의 영화를 연기까지 곁들여 들려주면 친구들은 신이 나 어쩔 줄을 몰랐다.

그 시절에 보았던 헐리우드 흑백 영화들은 내 감수성과 상상력을 부추겼다. 그때부터 내 몸속에 광대의 기질이 꿈틀대기 시작했는지 모를 일이다.

세월은 흘러 나는 어머니를 따라 서울 왕십리로 거처를 옮겼다. 그 사이에 어머니는 명동에 '은성'이라는 선술집을 차렸고 그곳은 시인, 소설가, 화가, 영화인 등 문화인들이 자주 찾는 명소가 됐다. 나는 그때 중앙중학교에 입학했고, 내 별명은 '지포라이터'와 '깡통'이었다. 왜 지포라이터가 별명이 되었는지 기억이 나지 않는다. 아마도 내가 그 물건을 좋아했던 모양이었다. 학교에서 싸움을 잘하는 몇몇 체격 좋은 녀석들끼리 모여서 '세븐클럽'이라는 모임을 만들었는데, 버릇없는 후배들을 교육시키거나 우리 학교 아이들을 못살게 구는 타 학교 학생들을 혼내 주는 일을 도맡아 하는 모임이었다. 그 모임의 대표가 바로 나였다.

깡통이라는 별명은 공부를 못해서 선생님이 부르신 대로 별명이 되었다. 초등학교 때는 공부를 곧잘 했지만, 어머니와 떨어져 지낸 중학교 시절은 낙제에 가까울 만큼 공부를 게을리 했다. 중앙고등학교에 들어가서도 여전히 공부는 멀리하고 운동을 한다고 열심히 뛰어다녔다. 당시에 상당히 이름을 날린 학교 야구부에도 잠시 소속되어 있었고, 기계 체조와 핸드볼로는 전국체전까지 나갔다.

당시 내 또래에서는 중동고등학교의 정세찬과 경복고등학교의 차중택 그리고 경기고등학교의 김동건 등이 장안에서 걸물 대우를 받았다.

김동건은 헤라클레스라고 불릴 정도로 체격이 좋았는데, 특히 다이빙을 잘했다. 기억도 새롭다. 세미 리라는 재미 동포가 우리나라 사람으로는 최초로 미국 다이빙 대표선수로 선발되었던 바로 그 시절이었으니, 덩달아 김동건의 주가도 올라갈 수밖에. 당시 서울에는 유일하게 동대문운동장에 옥외 풀이 있었고, 나는 수영을 잘하지 못했지만 내가 다니던 기계체조 체육관이 동대문에 있어서 왔다 갔다만 했었다. 그러던 어느 날, 워커힐에 옥외 풀이 생겼다며 친구가 함께 놀러 가자고 하는 것이었다. 당시 워커힐은 잘사는 집의 자녀가 아니면 갈 수 없는 곳이었다. 지금은 흔한 태닝오일도 그때는 어찌나 귀했던지 오일 바른 몸 위로 구르는 물방울이 신기해서 입이 다물어지지 않았다. 오일 때문인 줄 모르고, 얼마나 잘살고 잘 먹었으면 저렇게 피부가 기름지고 물방울이 미끄러질까 감탄했던 기억이 난다.

나는 어쨌든 김동건을 이겨야겠다는 생각을 했고 계획대로 먼저 동대문운동장 옥외 풀에 가서 다이빙을 배운 후에 워커힐의 옥외 풀까지 진출했다. 막상 그곳에 가서 보니 수영복 차림의 늘씬한 여자들이 눈을 어지럽히는데 그네들이 모두 이화여대, 이화여고생들이라는 것이었다. 그런데 군계일학이랄까, 예쁜 그녀들 중에서도 확연하게 도드라지는 8등신의 조각 같은 여자가 내 눈에 들어왔다. 나중에 알고 보니 그 여자는 그해 미스

나훈아 주연의 영화 〈형제〉(1978)에서
나는 그를 바른 길로 인도하는 형의 역할을 맡았다.
영화를 촬영하는 과정에서 그가 인정 많은 성품을 지녔고
남자다운 의리가 있는 사람이란 걸 알게 되었다.
그 후로 오랫동안 나는 그의 노래를 통해
'인생' 과 '사랑' 을 음미하고 있다.

코리아 출신으로, 파란 수영복을 입고 모자도 쓰지 않은 생머리를 흔들며 걸어 나오는 모습이 마치 인어 같았다.

워커힐 수영장은 누군가가 하이다이빙을 하러 다이빙대로 올라가면 물속에 있던 사람이 다 물 밖으로 나와서 다이빙을 하는 사람을 보게끔 되어 있었다. 다이빙대로 올라가서 호루라기를 불면 그게 물 밖으로 나오라는 신호였던 것이다. 처음에 나는 간단한 덤블링이나 세 바퀴쯤 도는 다이빙을 하려고 했는데, 그 파란 수영복을 입은 미스코리아가 보고 있다는 생각을 하니 네 바퀴는 돌아야겠다는 영웅심이 끓어올랐다.

나는 다이빙 발판을 딛고 힘차게 솟구쳤다. 순간적으로 네 바퀴를 돌았다는 생각을 하는 찰나, 모든 기억이 사라졌다. 친구들의 말에 의하면 공중에서 회전을 한 다음 몸을 펴서 꽂히듯 입수를 해야 했는데 나는 도는 과정에서 물에 얼굴을 처박으며 떨어졌다는 것이다. 친구들은 내가 물속에서 나오지 않자 내가 창피해서 일부러 그러는 줄 알았다고 했다. 그런데 기포가 부글부글 끓어오르면서 뻘건 피가 죽 올라오자 외국인 둘이 뛰어들어 날 건져 냈는데 이미 얼굴은 퉁퉁 부어 있고, 코피를 흘린 채 완전히 혼절한 상태였다고 한다. 그 상황에서 나를 건진 외국인이 인공호흡을 해서 숨을 돌려놓았고 결국 나는 구급차에 실려 가는 꼴이 되고 말았다. 그때도 나는 내 얼굴 상태보다도 인어 같은 그 여자가 먼저 생각났다.

며칠 후, 나는 그 여자를 만나기 위해 다시 워커힐을 찾았다. 그냥 포기하기에는 나의 상처가 너무 컸던 것이다. 어렵사리 그녀를 만났고 함께 유네스코 꼭대기의 맥줏집에 가서 데이트를 즐겼다. 얼마 후 그녀와는 흐지부지 헤어지고 말았지만, 당시 그 인어의 눈에 들기에는 내가 많이 부족했으리란 생각이 든다. 어차피 인어는 왕자를 쫓기 마련인데 나는 왕자가 아니었다. 인어를 위해 고공 다이빙을 시도한 그때가 서라벌예대 1학년 때였다.

햄릿의
추락

내가 서라벌예대 연극과에 들어간 것은 중앙고등학교에 다닐 때 연극부에서 연극의 재미를 알았기 때문이었다. 그러나 대학에 진학해서도 내가 연기자가 되겠다는 생각은 언감생심, 하지 못했던 것 같다. 나는 우선 외모가 평범했다. 당시는 게리 쿠퍼나 그레고리 펙 같은 미남들만 배우가 될 수 있었고, 요즘처럼 개성파 배우가 활개를 친다는 것은 상상할 수도 없는 시절이었다. 나는 프레드 진네만 같은 명감독이나 명연출가를 꿈꾸고 있었다.

고등학교 때 친했던 친구는 이경규와 김용남이었다. 두 사람은 나중에 이름을 고쳤는데 그들이 바로 드라마 작가로 유명한 이철향과 김기팔이었다. 이철향은 나와 함께 서라벌예대를 다녔고, 공부를 잘했던 김기팔은 서울대 철학과에 들어갔다. 김기팔도 원래는 나와 함께 서라벌예대를 다니겠다고 하는 걸 공부를 워낙 잘하는 놈이라 우리가 뜯어말렸다. 김기팔은 자기 전공

수업은 다 빼먹고 친구 찾아 강남 가는 식으로 서라벌예대의 수업을 더 많이 듣곤 했다.

당시 서라벌예대 공연과는 운동을 하는 친구들이 많았던 까닭에 분위기가 꽤 살벌했다. 나도 등교할 때 혼자 다니기 어려울 정도여서 덩치가 좀 있는 친구들을 몇 명 달고 등교를 하곤 했다. 학교라기보다는 싸움터이고 전쟁터였는데, 학생들 중에는 위압감을 주기 위해 잭나이프를 들고 강의실에 앉아 있는 이도 있었다.

그런 험악한 인상들 중에 일본의 레슬링 선수 이노키 같은 덩치와 생김새를 가진 학생이 하나 있었다. 아무도 그를 건드리지 못했고 요즘 말로 하면 학교 짱이었다. 어느 날, 내가 그와 시비가 붙었다. 세 번에 걸쳐 싸움을 벌였는데 나는 그때마다 그를 흠씬 두들겨 패버렸다. 짱을 물리치면 짱이 되는 법이다. 나는 싸움으로 학교를 장악해 버렸다. 그런 나에게 인간이 먼저 돼라고 해주신 분이 김규대 선생님과 이광래 선생님이었다. 나는 동기인 전운, 권민호, 김순철, 강용원, 강부자의 남편인 이묵원 등과 함께 연출 공부를 하다가 두 분 선생님의 가르침으로 연기에 빠져들게 되었다. 당시 젊은 대학생 중에는 노인 역을 소화할 사람이 없었다. 때문에 연출자인 내가 대타로 노인 역을 했는데, 너무나 자연스럽게 연기가 표출되어서 결국 상까지 타는 일이 벌어졌다. 그 길로 나는 연출보다 연기에 더 빠지게 되었다.

나는 학창 시절 때때로 친구들을 아연실색케 만드는 돌발사건을 일으키기도 했다. 바로 그중 하나가 서라벌예대 졸업 기념 공연 무대에서의 실족 사건이다.

작품은 셰익스피어 원작 〈햄릿〉이었고, 공연은 진명여고 삼일당에서 이루어졌다. "죽느냐, 사느냐 그것이 문제로다……." 젊은 햄릿이 고뇌 어린 독백을 하면서 성의 계단을 내려오는 장면이 있었는데, 3막 1장 바로 그 부분에서 사건이 벌어졌다.

주인공 햄릿 역을 맡은 나는 어둠 속에서 검은 광목천이 덮인 높은 무대의 계단을 따라 내려와야만 했다. 하지만 리허설 때와는 달리 막상 계단 근처에 이르러 조명 앞에 정면으로 서게 되자 순간적으로 전혀 앞이 보이지 않는 상황이 발생한 것이다.

극은 클라이맥스로 치닫고 주인공 햄릿은 가장 중요한 대사를 독백하는 그 순간, 나는 하는 수 없이 연습 때 기억을 더듬어 어림 대중으로 이쯤에 계단이 있으려니 발을 디뎠다. 그러나 아뿔싸! 보폭을 제대로 가늠하지 못한 나는 허공에 휘청하더니 그대로 계단 아래로 곤두박질쳐 기절해 버린 것이다. 높이가 대략 4~5미터는 됐으니 자칫 큰 부상으로 이어질 뻔한 사건이었다.

그런데 정작 웃지 못할 일은 내가 기절한 다음에 일어났다. 갑자기 객석에서 환호와 박수 소리가 터져 나왔다는 것이다. 〈햄릿〉이라는 작품의 세세한 내용을 알고 있는 사람이 많지 않던 시절, 관객들이 나의 추락이 실감나는 연기로 인식했던 것이다. 그러니 리얼한 연기에 우레와 같은 호응을 보낸 건 어쩌면 당연할지도 모른다.

갑자기 벌어진 사건에 동료들은 얼마나 가슴 졸였을까. 결국 장내 방송을 통해 자초지종이 알려지고, 잠시 후 내가 깨어난 뒤 3막 1장부터 다시 공연이 시작되어 간신히 끝을 맺을 수 있었다.

서라벌예대를 졸업하고 나서는 한양대학교 영화과에서 장학

연극 〈베니스의 상인〉에서 샤일록으로 분장했다.
셰익스피어의 작품 중 가장 고약하고 부정적인 인물로
각인되었으나, 마지막에 절절한 부정父情을 표현하여
관객들에게 깊은 인상을 심어 주었다.

생을 뽑는다는 소식을 듣고 원서를 냈고 다행히 합격했다. 당시 학과 동기는 배우 태현실, 남정임, 후배는 조경환이 있다. 특히 동기 중에 KBS에서 영화부장을 했던 허동웅이라는 친구가 있었는데 나보다 나이는 많았지만 학번이 같은데다 이북이 고향이어서 늘 붙어 다니곤 했다. 나를 너무 잘 이해하고 격려해 준 그 친구에게 나는 아직도 보답할 길을 찾지 못하고 있다.

명동의 골목을
비추던
은성銀星

　　1947년이 하늘이 무너진 해라면 1986년 12월 23일 새벽은 땅이 꺼진 날이었다. 아버지가 돌아가시고 오랫동안 홀로 나를 키우신 어머니가 그날, 다시 돌아올 수 없는 곳으로 떠나셨다.

　　어머니가 명동에 '은성'을 개업한 것은 1955년 봄이었다. 처음에는 명동에 조그만 다방을 차려 운영하다가 곧 문을 닫고 난생 처음 술장사를 하게 된 것이었다. 타계한 아버지 최철의 부인이 대폿집을 열었다는 소식은 예술인들 사이에 빠르게 퍼져나갔다. 아버지의 옛 동료들이 자주 찾아오면서 그런대로 자리를 잡아 나갔다. 볼품없는 술집이었지만 예술의 세계를 이해하는 어머니의 마음 씀씀이가 손님들을 끌어 모았을 것이다.

　　단순히 술만 파는 게 아니라 손님을 이해하고 어려움을 들어주며 때로는 자상한 누님처럼 이야기를 나누는 따뜻한 정이 1950년대의 허무와 비애 속에서 상처받은 예술인들의 마음을 다독거려 주었던 것이다.

195

전후의 스산한 사회 분위기 속에 항상 쓸쓸했던 예술인들은 한 곳으로 몰려다니기를 좋아했다고 한다. 명동의 다방 중에도 그들이 잘 다니는 몇 군데가 정해져 있었고, 술집 또한 마찬가지였다. 은성이 문을 열었을 때 문인들이 잘 가던 다방이 세 군데 있었다. 조연현, 김동리 선생이 중심이 된 한국문협 측이 '문예살롱'을, 김광섭, 이헌구 선생 등이 관계한 자유문협은 '동방살롱'을 그리고 별다른 파를 형성하지 않은 이들은 '모나리자'를 단골로 삼고 있었다.

다방에서 하루해를 보낸 후 찾아가는 술집도 각기 달랐다. 문예살롱파는 명천옥, 동방살롱파는 무궁원과 명동장 그리고 모나리자파는 어머니가 개업한 은성을 단골 주점으로 삼았다.

'명동백작'으로 불릴 만큼 명동을 사랑했던 소설가 이봉구 선생은 은성의 터줏대감이었다고 한다. 그가 한국전쟁 이후 쓴 소설들은 대부분 은성에서 소주잔을 앞에 놓고 쓴 작품들인데, '명동엘레지'라는 소설에서 그는 은성의 분위기를 이렇게 쓰고 있다.

'이 술집 역시 그로선 정든 집이다. 주인을 비롯해서 비장한 표정으로 대폿잔을 들고 있는 모든 손님이 명동이 아니면 만나지 못할 다정다감한 친구들이다.'

이봉구 선생 외에도 은성의 단골멤버는 각계각층에 다양했다. 문인으로는 박인환, 김수영, 박봉우, 천상병, 김관식, 박계주, 조흔파, 김광주, 김이석 등이 있었고, 화가로는 손응성, 이종우, 김환기, 정규 등이 자주 찾았다.

또 언론인 중에는 변영로(시인), 홍승면, 심연섭, 이진섭, 김

중배(당시 동아일보 논설위원), 정영일(당시 조선일보 편집위원) 등이 단골손님이었고, 음악가로는 윤용하, 임만섭, 김동진 등이 자주 들러 고상한 분위기를 더해 주었다.

수주 변영로 선생은 이봉구 선생과 함께 은성의 최고 어른으로 대접받았다. 그는 항상 모자를 쓰고 다녔는데, 그가 은성에 들어서면 일하는 아이가 쪼르르 달려가 두 손으로 모자를 받아 들고 주방 한쪽에 공손히 모셔 놓을 정도로 예우를 받았다.

〈명정 40년〉을 집필할 만큼 술에 얽힌 일화가 많은 변영로 선생은 주도에 관한 한 엄격하기 이를 데 없는 분이었다. 자기보다 연하의 사람들이 나쁜 술버릇을 보일 때는 엄하게 타이르곤 했는데, 나도 대학생일 때 선생에게 꾸지람을 들었던 기억이 있다.

평소 어른들이 하도 많아 나는 은성에 잘 가지 않았다. 그러던 어느 날, 어머니께 드릴 얘기가 있어 은성의 문을 열고 들어서니 변영로 선생이 술잔을 앞에 놓고 앉아 있었다. 선생은 나를 보자 반가운 얼굴을 하고는 자리로 나를 불렀다.

"영한이 왔니. 이리 와서 내 잔 받거라."

나는 잠시 주저했지만 어른의 말이라 듣지 않을 수도 없고 해서 마지못해 그분 앞으로 가 내민 술잔을 받아 들었다. 그리고 뒤돌아서서 단숨에 술잔을 비우고는 평소 습관처럼 술잔을 탁탁 털어 바닥에 남은 찌꺼기를 버렸다.

그런데 바로 그 순간 갑자기 눈앞이 번쩍 하면서 목덜미가 아려 왔다. 변영로 선생이 숙이고 있던 내 뒷목을 후려쳤던 것이다. 나는 영문을 몰라 선생의 얼굴만 빤히 바라보았다.

"이놈, 왜 아까운 곡주를 그렇게 버려!"

그제야 선생이 나를 때린 이유를 알게 되었다. 그 일이 있은 후 지금까지 나는 바닥에 술잔을 터는 행동을 하지 않는다. 지금은 내가 그렇게 한다고 해서 뭐라 할 사람도 없지만 자꾸만 변영로 선생의 꾸지람이 떠올라 그러지 못하는 것이다.

은성은 전기 은성과 후기 은성, 이렇게 둘로 나뉜다. 후자는 1969년 철거 지시가 내려져 유서 깊은 은성 자리를 떠나 성모병원 맞은편 골목으로 옮겨 간 이후를 이른다. 후기 은성 때는 술꾼들의 연령층이 훨씬 낮아졌다. 대신 전기 은성 때의 낭만이 점차 사라져 갔다.

1974년, 명동 재개발 계획이 발표되면서 가게를 또 다른 곳으로 옮겨야 했는데, 당시 연기자로서 인정을 받기 시작하던 내가 어머니에게 이렇게 말했다.

"이제 그만 쉬세요. 지금까지 고생만 하셨는데 아들 덕도 좀 보시고 그만 편하게 사셔야죠."

나는 크게 화를 내실 것으로 생각했다. 하지만 어머니의 반응은 전혀 의외였다.

"나도 생각을 좀 해봤다. 모름지기 사람이란 떠날 때를 알아야지. 지금이 그럴 때가 아닌지 모르겠다. 아쉬움이 남을 때 그만두는 게 좋겠지. 너도 그렇게 생각하지?"

그렇게 말씀하시면서 어머니는 나의 뜻에 따랐다. 나는 어머니가 술장사를 한다는 것을 부끄럽게 여기지 않았다. 술장사를 왜곡된 눈으로 바라보는 시선들이 없지 않았지만 나는 개의치 않았다. 오히려 나는 어머니가 자랑스러웠다. 그럼에도 어머니에게 은성을 그만둘 것을 종용한 것은 낭만은 사라지고 점점 추한 모습으로 바뀌어 가던 당시의 명동이 싫어졌기 때문이다.

내가 아내와 결혼했을 때부터 당신이 돌아가시기 전까지, 어머니는 많은 추억이 쌓여 있던 현석동에서 혼자 사셨다. 내가 아무리 함께 살자고 해도 어머니는 끝내 고개를 저으셨다.

"마음은 고맙다만 함께 살면 너희들도 나도 불편하다. 그냥 여기서 혼자 살겠다."

그렇게 어머니는 고집을 부리셨다. 할 수 없이 일주일에 두 번씩 아내와 함께 현석동 집에 찾아가는 걸로 위안을 얻을 수밖에 없었다. 손주들이 보고 싶을 때면 어머니께서 직접 내가 사는 집으로 찾아오시기도 했다. 그런 어머니가 명동과 은성의 추억까지 몰고 멀리 가셨다. 나로서는 가슴 아픈 일이지만 어머니는 떠날 때를 아신 것이다.

어머니의
외상 장부

1950년대 말이었습니다. 당시 문화예술의 거리였던 명동에서 어머니는 작은 선술집을 하셨습니다.

어머니의 선술집에는 당시 내로라하는 문인들과 화가들이 자주 드나들었습니다. 하지만 다들 배고픈 예술인이다 보니 술값 대신 시계를 풀어 놓고 가거나 외상 장부에 이름을 적고 가는 일이 빈번했습니다.

외상값이 더 많은 장사였지만, 어머니는 누구에게나 항상 친절했습니다.

"아이고, 안녕하세요. 선생님."

"허허허, 외상 손님을 이리 반갑게 맞아 주시니 미안합니다."

외상 손님들은 늘 친절한 어머니에게 오히려 미안해했습니다.

"그런 걱정일랑 말고 자주 들르세요."

그날도 용돈을 받으러 어머니 가게로 가는 길이었습니다.

가게 옆 골목을 막 지나려는 찰나, 한 낯익은 청년과 함께 있는 어머니를 보게 됐습니다.

"얼른 챙겨 넣어요."

어머니는 그 청년의 손에다 무언가를 쥐어 주었습니다.

"아주머니, 고맙습니다."

'뭔데 저렇게 몰래 주시지?'

그날 밤, 나는 궁금증을 참지 못하고 어머니께 여쭈어 보았습니다.

"저…… 어머니, 아까 그 아저씨한테 뭘 주신 거예요?"

"응? 아, 아까……. 그건 그 청년이 술값 대신 놓고 간 시계란다."

젊은 청년이 돈도 없이 술을 먹고 시계를 맡겼다고 하면 이러쿵저러쿵 사람들 입방아에 오르내릴까 걱정이 되셨다는 어머니. 그래서 인적 드문 골목으로 청년을 불러서 슬쩍 시계를 돌려주었던 것입니다.

"아! 그렇군요."

저는 어린 마음에도 어머니의 따뜻한 배려가 놀랍고 감동적이었습니다.

그로부터 20년이 흘러 그렇게 인자하신 어머니가 노환으로 세상을 떠나게 되었습니다.

"흑흑흑, 왜 이렇게 빨리 가셨어요. 어머니."

깊은 시름에 잠긴 나는 어머니의 유품을 정리하며 슬픔을 달랬습니다.

그러던 중 외상 장부가 가득 담긴 낡은 궤짝을 하나 발견하게 됐습니다. 거기에는 그동안 못 받은 술값들이 빼곡하게 적혀 있오래된 사진 한 장. 초등학교 입학을 하고 나서였을까.
왜 어머니가 나를 데리고 사진을 찍으셨을까 하는 궁금증도 있었지만,
내겐 이 사진을 아버지가 찍으셨다면 하는 바람도 있었다.
모자母子의 표정으로 봐선 그 바람이 이루어지지 않은 것 같다.

었습니다.

"세상에…… 이 돈 다 받았으면 우리 집 부자 됐겠네."

손님 대부분이 유명한 예술인들이었으니, 장부에 적힌 이름을 보고 술값을 받으러 가야겠다는 생각에 나는 장부를 샅샅이 훑어보기로 했습니다. 그런데 이게 웬일입니까. 장부 속에서 유명인들의 이름은 전혀 찾아볼 수 없었습니다.

"어라? 이게 어느 나라 이름이래?"

술값 옆에는 이름 대신 별명이 씌어 있었던 것입니다.

"안경, 키다리, 놀부, 짱구…… 휴, 왜 이렇게 누가 누군지 알아보지 못하게 써 놓으셨을까."

그 순간 아주 오래전 어느 날, 한 청년에게 몰래 시계를 건네주던 어머니 모습이 떠올랐습니다. 그리고 낡은 장부 속에 담긴 어머니의 깊은 뜻을 이해하게 되었습니다.

그 장부 속엔 당시 가난하고 대접 받지 못하던 예술인들의 자존심이, 그들의 고뇌를 이해해 준 어머니의 속 깊은 배려가 담겨 있었던 것입니다.

수많은 세월, 내가 안방극장을 통해 구수하고 정겨운 모습을 선사할 수 있었던 것은 어머니가 보여 준 그 넉넉한 마음 씀씀이 덕분입니다.

＊〈TV동화 행복한 세상〉(샘터)에 실렸던 글입니다.

대사 좀
나누자니까!

국립극단 시절, 잊지 못할 일들이 많았다. 그중 하나가 이진순 연출의 〈이순신〉에 출연했을 때의 일이다.

누구나 주인공에 대한 욕심을 갖는다. 나뿐 아니라 우리 단원 모두는 '내가 이순신 역을 맡으면 얼마나 좋을까……' 하고 저마다 은근한 기대와 바람으로 마음이 부풀어 있었다. 하지만 이순신 역은 단 한 명에게 돌아갔고, 행운아는 오지명이였다. 나는 겨우 '율포 만호'라고 하는 지금 계급으로 따지면 소위쯤 되는 역할을 맡게 되었다. 겨우 '율포 만호'일까, 나는 내심 못마땅한 마음을 품었다. 일종의 질투였던 것이다. 하지만 그런 마음을 겉으로 드러낼 수는 없고, 아무리 보잘 것 없는 역이라도 최선을 다해 연기를 하고 굳게 마음을 먹었다.

〈이순신〉의 연습 장소는 언제나 수많은 출연진으로 북적거렸다. 식사시간에는 커다란 밥통을 여러 개 준비해야 할 정도로 등장인물이 많았다. 늦은 저녁 배우들이 모두 떠나간 무대 뒤에는 그들이 흘리고 간 소지품들과 허술한 갑옷 의상에서 떨어져 나간 양철조각, 모자에서 떨어진 수술 등의 소도구 부스러기들이 널려 있었다. 나는 연습이 끝나면 언제나 혼자 남아 뒷정리를 하면서 마음을 가다듬었다.

당시만 해도 갑옷은 비늘처럼 생긴 양철조각을 하나하나 꿰매어 붙여서 만들었다. 그래서 늘 엉성하게 붙어 있어 한번 연습을 하고 나면 이가 빠지듯 듬성듬성 떨어져 나가기 일쑤였다. 칼이나 모자에 달린 수술도 걸핏하면 떨어져 사라지곤 했다. 그래서 나는 매일 청소를 하며 바닥에 떨어진 것들을 주워 모으기 시작했다. 그렇게 며칠 지나자 깡통으로 하나 가득 모았다. 나는 극장 사무실에 늦게까지 혼자 남아 그것들을 내 의상에 하나씩 정성스레 꿰매 달기 시작했다.

의상이나 소도구 하나까지도 철저하게 해내려던 순수한 마음에서 시작한 일이었는데, 그러다 보니 다른 연기자들의 갑옷은 이가 빠진 듯 엉성해 보인 반면 내 갑옷은 유독 숱이 많고 번쩍거릴 수밖에 없었다. 당연히 주위 사람들이 의상을 놓고 수군거리기 시작했다. 듣다 못해 나는 이렇게 말했다.

"아니, 소위가 대위보다 못한 옷 입었다는 고증이라도 있답니까?"

이런 욕심은 비단 의상뿐만이 아니었다.

극 중에 전승 보고를 해야 하는 후배 연기자가 있었는데, 그는 늘 대사가 지지부진해 주위를 안타깝게 했다. 두 장이 넘어가는 대사였으니 힘도 들었을 것이다. 나는 걱정스러운 마음에 그의 대사를 주의 깊게 듣다가 그보다 먼저 대사를 외우게 됐고 그러다 문득 이런 생각이 들었다.

'전승 보고 대사를 반만 내가 맡아서 하면 안 될까?'

그래서 그 후배 연기자에게 대사의 반만 달라고 넌지시 의향을 물었다.

"대사를 달라고요? 그게 무슨 말이에요? 말도 안 돼요."

그는 내 말에 펄쩍 뛰며 손사래를 쳤다. 하지만 나는 포기하지 않고 어느 날 호주머니에 있던 돈을 털어 그에게 술을 한 잔 샀다. 한창 술을 마시며 이 얘기 저 얘기 하다가 나는 다시 대사 이야기를 꺼냈다.

"이봐, 그러지 말고 그 멋진 대사를 반만 나한테 줘. 정말 해 보고 싶단 말이야."

한참을 나를 바라보던 그는 술에 취해서인지 혀 꼬부라진 소리로 말했다.

"좋아요. 그럽시다. 까짓 거. 선배가 반 해요."

결국 공연을 하다가 연출자의 허락도 없이 그와 눈짓을 주고받은 다음 그의 대사 반을 내가 읊어 버렸다. 연출을 맡았던 이진순 선생은 어안이 벙벙했는지 대사를 마친 나의 얼굴을 빤히 쳐다보았다. 물론 잔뜩 화가 난 표정이었다. 나는 애써 그의 시선을 피하며 고개를 숙였다.

생각해 보면 유치한 객기와 천진한 욕심이 만든 에피소드였다. 연출자 이진순 선생의 꾸지람을 들은 건 당연했다. 하지만 어찌된 영문인지 혼을 낸 선생은 나를 가만히 바라보며 이렇게 말하는 것이었다.

"그런데 너, 하기는 참 잘 하더라."

그러면서 한마디 더 덧붙여 칭찬 아닌 칭찬의 말을 건넸다.

"내가 왜 그 생각을 못 했을까? 그렇게 하면 됐을 걸 말야. 불암이 니가 그 부분을 하니까 더 잘 어울렸는데."

그리고 얼마 후 신문 공연평에 기사가 났는데, '율포 만호' 역의 연기가 돋보였다는 내용이었다. 그렇게 평자들로부터 인정을 받으면서 최불암이라는 배우의 이름이 알려지기 시작했다. 나는 왠지 마음이 흐뭇해지면서 새삼 가슴이 벅차오르는 것을 느꼈다.

'아, 이게 바로 연극을 하는 보람이구나.'

또 하나 잊을 수 없는 경험. 1964년, 김은국 원작의 〈순교자〉라는 연극에 출연했을 때의 일이다. 잠시 번민의 시절을 보내던 나는 〈순교자〉의 민 소령 역을 맡으며 무대에 복귀했다.

연출을 맡은 허규 선생은 연극 연습을 시키는 대신 책을 먼저 읽어 보길 권했다. 그리고 각자의 역할만 정해 준 다음, 20일 이후에 역할에 대한 분석을 해서 만나자는 것이었다. 나는 곧 민철웅 소령이라는 인물과 그가 지닌 시대적 역할에 대한 분석을 시작했다. 성격은? 행동거지는? 나는 말 그대로 논문을 쓰듯 파고들었다.

한 달이 지나고 대사를 외운 후 연습에 들어갔다. 그런데 그렇게 열심히 공부를 했는데도 나는 민 소령을 제대로 그려 내지 못했다. 적확한 해석이 안 되어서 아무리 궁리를 해도 민 소령의 구체적인 모습이 떠오르질 않는 것이었다.

나는 집에 틀어박혀 고민으로 머리를 감싸 안고 하루하루를 보냈다. 그러던 어느 날, 전기 검침원으로 우리 집을 드나들던 국립극단 단원 시절 〈이순신〉(1967)을 공연할 때.
장군 역을 맡은 나와 고故문오장 씨는
남다르게 체격이 크고 힘깨나 쓸 것 같은 인상을 주기 위해
한 양푼씩 밥을 먹고 자는 일을 반복하면서 몸을 불렸다.

한 상이군인의 모습이 갑자기 눈에 들어왔다. 언덕에 위치한 집을 힘들게 올라와 뒤돌아서 땀을 닦고 전기 계량기 숫자를 확인하는 그의 모습에서 나는 어떤 영감을 얻었다.

"285킬로와트 쓰셨습니다."

그는 그렇게 나지막한 목소리로 말한 다음 기록한 종이를 찢어 못에 꽂고는 돌아서 갔다. 그의 동작 하나하나에는 어떤 아픔이 배어 있었다. 왠지 모르게 애수에 젖은 듯한 그의 표정도 나의 시선을 붙잡았다. 불구가 된 손을 주머니에 찔러 넣은 채 안경 너머로 계량기를 응시하는 흐릿한 눈빛, 그의 모든 몸짓이 전쟁으로 인해 그가 겪어야 했을 삶의 회한과 부조리를 가감 없이 보여 주는 듯했다.

나는 그 검침원을 흉내 내기로 마음먹었다. 살을 빼고 허리에 손을 짚고 검침하는 그의 모습을 떠올리며 연습을 거듭하자 그의 정서가 내 몸으로 쏙 들어오는 것 같았다. 그런 시간을 거쳐 내가 연기한 민 소령은 소름끼치도록 실감 나게 전쟁의 폭력성을 독백하고 있었다.

"그래, 바로 그거야. 내가 본 민 소령도 그거였다구. 좋았어."

연출가 허규 선생은 나의 연기를 보며 무릎을 쳤다.

생각하면 그것은 단순한 연기가 아니었다. 그 시절 인생의 시련기를 뼈저리게 겪고 있었기에 내 전 존재를 그대로 보여 줄 수 있는 용기가 생겼던 것인지도 모른다. 그래서인지 평도 좋았다. 막이 내리자 놀랍게도 당시 연극계의 까마득한 선배이신 장민호 선생과 나옥주, 백성희 선생이 무대 뒤로 찾아왔다.

"민 소령 역의 최영한이 누구야?"

나는 떨리는 마음으로 그분들께 인사를 건넸다.

"자네가 최영한인가? 연기가 정말 좋았어. 어디서 그런 연기를 배웠나?"

이름도 없는 신출내기 배우가 흠모해 마지않던 연극계의 대선배에게 칭찬을 들으니 그 감격은 이루 형언할 수 없었다. 그날의 경험은 내 인생을 조금 더 농밀하게 한 사건이었다. 나는 결국 〈순교자〉의 민 소령 역으로 인정을 받아 백성희 선생의 추천을 통해 마침내 갈망하던 국립극단에 입단하게 되었다.

인무원려人無遠慮
난성대업難成大業

사람은 누구나 어느 순간 모든 것을 버리고 싶을 때가 있다. 나 역시 그런 시절이 있었다.

저물어 가는 석양을 배경으로 가을 하늘이 강물 속에 얼비쳐 어디론가 흘러가고 있었다. 그 광경을 바라보던 내 마음에 앙상한 나무에 마지막 남은 잎을 떨구는 한 줄기 바람이 지나갔다. 나는 마포 강가 바위 위에 앉아 바람결에 이리저리 출렁이는 강물에 마음을 맡겨 놓고 있었다.

'살아가는 일도 결국 저런 것일지도 몰라. 고단한 어깨를 서로 밀치며 어딘지 모를 곳으로 하염없이 흘러가겠지…….'

문득 나의 고단한 몸을 강물에 던지고 싶은 충동이 물밀듯 밀려들었다. 하지만 막상 죽음을 떠올리자, 기울어 가는 저녁 햇살 속에 무심하게 흘러가는 강물과 그 속에서 흔들리며 춤을 추는 산자락과 강가의 이름 모를 들풀과 길게 늘어진 나무의 그림자가 새삼 아름답게 보였다. 그것들은 내가 알지 못하는 생명에 대한 새삼스러운 경이를 깨닫게 해주었다. 참으로 뜻밖의 깨달음이었다.

'이렇게 모두를 남겨 둔 채 나 혼자 저 강물에 몸을 던져야 하는 건가? 죽는다는 건 뭘까? 모든 걸 여기에 두고 어디로 사라지는 것일까? 아직 나는 젊고 이렇듯 피가 끓고 있는데……'

노을이 검붉게 물들어 가는 한강이 내려다보이는 마포 서강의 현석동 갯바위 위에서 나는 그렇게 삶과 죽음을 생각하며 시간을 보냈다.

1963년 군에서 제대하여 사회로 복귀한 나는 가난과 외로움에 방황해야 했다. 당장 살아갈 일이 막막했고 뼈에 사무치는 절망과 허무를 이겨 내기도 어려웠다. 극단에서 함께 일하던 친구들은 당시 개국한 TBC 등의 방송국에 입사해 그럴듯한 생활을 하고 있었지만, 나는 외톨이가 되어 암담한 마음으로 생활과 진로를 고민하고 있었다.

그 무렵 나는 마포 현석동 언덕바지에서 어머니와 함께 살고 있었는데, 20대 후반의 이미 다 자라버린 청년에게는 어머니조차도 남처럼 느껴지기만 했다.

'이제 어떡해야 하지? 당장 어디 취직이라도 해서 먹고살 길을 찾아야 할 텐데…… 아니면 다시 그 배고픈 연극공부의 길로 나아갈까? 난 도대체 어디 있는 거지? 어디로 가는 거지?'

답을 찾을 수 없는 물음이 가득 가슴을 채웠다. 그러던 중 부산에서 염색공장을 하고 계신 작은아버지가 떠올랐다. 도망치듯, 나는 부산으로 내려갔다.

작은아버지의 배려로 나는 공장에서 직원들을 감독하는 일을 맑게 됐다. 하루 종일 백사장에서 염색된 천을 바닷바람에 말리며 직원들을 살피는 게 나의 일이었다. 울긋불긋한 염색천들이 해풍에 휘날리는 모습은 사뭇 아름다운 느낌을 주었다. 나는 하루 종일 백사장에서 시간을 보내야 했기에 긴 시간 동안 책을 읽을 수 있었다. 하지만 시간이 지나면서 그 일도 무의미하다는 생각이 들었다. 나는 보따리를 싸서 서울로 올라왔고, 다시 방에 틀어박혀 끝없는 회의에 빠져 들기 시작했다.

그렇게 며칠을 보내자 이젠 친구들이 섭섭하게 느껴졌다. 사회적으로 안정된 그들과 내 모습을 비교하면서 스스로를 보잘 것 없는 인간으로 만들기도 했다. 걱정스런 표정으로 방을 들여다보고 훌쩍 일터로 나가시는 어머니를 보내고 텅 빈 방 안에 남은 것은 쉴 새 없이 시간을 재촉하는 시계의 초침소리뿐이었다. 그 소리는 마치 머리를 쪼아 대는 새처럼 더욱 나를 초초하게 만들었다.

내가 할 수 있는 일이라곤 담배를 피우며 소주를 들이키는 것이었다. 그래야 잠을 청할 수 있었기 때문이다. 하지만 그도 잠시 불안한 마음은 나를 잠들지 못하게 했다. 밥을 먹는 일도 쉽지 않았다. 밥알은 모래를 씹듯 여겨져 도저히 먹을 수가 없었다. 그리고 무능한 자신을 바라보며 눈가를 적시곤 했다. 그런 생활이 반복되면서 내 몸은 눈에 띄게 야위어 갔다. 몸이 야위는 만큼 정신도 점점 피폐해져 갔다. 그러다 죽음이라는 환영에 사로잡혀 자살을 생각하게 되었다.

그렇게 한동안 끼니도 거른 채 시름시름 앓으며 방 안에서 꼼짝없이 지내던 어느 날이었다. 그날따라 세찬 바람이 을씨년스럽게 휘몰아쳤고, 바람을 가르며 어떤 소리가 귓속을 파고들었다. 그 소리는 멀리 교회에서 들려오는 종소리였다. 유난히 크게 들리는 그날의 종소리는 내 마음에 깊은 파문을 일으켰다.

나는 무언가에 홀린 사람처럼 비틀거리며 집을 나서 종소리가 나는 곳으로 향했다. 발걸음은 현석동 언덕 위에 있는 조그마한 교회 앞으로 이끌렸다. 어스름한 저녁 무렵, 나는 교회 문을 열고 들어가 누군가에게 물었다.

"죄송하지만 여기 목사님은 어디 계신가요?"

물끄러미 나를 바라보던 교인 하나가 교회 옆 낡은 토담집을 가리켰다. 목사님은 등불 밑에서 노트 위에 무언가 쓰고 있었다. 아마 설교문을 작성하고 있었던 것 같다. 그 모습에 차마 말을 붙이지는 못하고 한동안 서서 목사님을 지켜보고 있었다. 그때 인기척을 느꼈는지 목사님은 내 쪽으로 고개를 들고 바라보았다. 놀라야 할 사람은 목사님이었지만 오히려 목사님과 눈이 마주친 내가 놀라고 말았다. 그 눈빛과 마주친 순간, 내게 깊이 드리워진 고뇌와 죽음을 동경하던 마음을 들켜버린 것만 같았다.

목사님은 들고 있던 펜을 노트 위에 살며시 내려놓고는 일어나 내게로 한 걸음 한 걸음 다가왔다. 나는 그저 말없이 퀭한 눈으로 그분을 바라보기만 했다. 목사님은 아무 말도 하지 않았다. 내 앞에 다가선 목사님은 나를 잠시 바라보다 내 어깨에 힘차게 두 손을 얹었다. 그 순간 어떤 뜨거운 전율 같은 것이 온몸을 사로잡았다. 그러고는 가슴 속에서 불덩이가 솟아나듯 울컥 뜨거운 눈물이 북받쳐 올라왔다. 마치 어린아이가 울음을 터뜨리듯 갑자기 나는 엉엉 소리 내어 울기 시작했다.

"하나님, 이 불쌍한 자식을 용서하십시오. 하나님의 어린 양이 어디에서 이렇게 방황하는지 모릅니다. 높은 산에서 돌이 하나 구르기 시작했습니다. 그 돌에 가속이 붙어 잡을 수가 없나이다. 하나님의 힘으로 이 돌을 멈추게 하소서."

목사님의 기도를 듣는 순간 나는 복받치는 설움을 이기지 못하고 눈물, 콧물이 범벅이 되어 그의 가슴에 얼굴을 묻은 채 서럽게 울고 말았다. 그 마지막 기도의 말이 내 심장을 도려내는 것 같아 울음을 참을 수 없었다.

목사님은 한참을 울던 나를 가만히 안고 있다가 내가 서서히 안정을 되찾자 이렇게 말했다.

"이 사람아. 세상에 있는 떡을 다 먹으려고 했는가? 자네 것은 오직 하나밖에 없는데……."

나는 어느새 목사님 앞에 무릎을 꿇고 앉아 그의 허리를 붙잡은 채 가슴속에 응어리로 남아 있던 온갖 상념과 분노와 설움들을 뜨거운 눈물로 토해 냈다. 그렇게 나의 눈물은 한동안 이어졌다.

시간이 얼마나 지났는지 고맙다는 인사를 하고 일어나는 그 순간, 나는 놀라운 경험을 하게 되었다. 머릿속은 물론 온몸이 씻은 듯이 맑고 환해지는 것이었다. 그곳은 천국이었을까? 목사님과 헤어져 돌아오는데 그처럼 발걸음이 가벼울 수 없었다.

집으로 돌아와 거울 속에 비친 내 모습을 바라봤다. 거기에는 목사님을 만나기 바로 전의 내가 아닌 다른 사람이 서 있었다. 세상을 원망하고, 자신을 미워하며 죽음을 생각했던 사람은 사라지고 어느 순간 회열에 들뜬 한 젊은이가 얼굴에 미소를 머금은 채 서 있는 것이었다.

그게 인생의 전환점이었을까. 갑자기 벽장에 붙어 있던, 그동안 무심히 지나쳤던 글귀가 눈에 들어왔다. 거기에는 손가락 하나가 잘려 나간 안중근 의사의 손바닥과 피로 쓴 붉은 글귀가 적혀 있었다.

인무원려人無遠慮 난성대업難成大業.

'그래, 멀리 내다보지 않으면 큰일을 이룰 수 없는 거야. 당장 빛나지 않더라도 작은 일부터 꾸준히 노력하면 언젠가는 이룰 수 있을 거야.'

어쩌면 늦게 피는 꽃이 더 아름다울 수 있지 않겠는가. 그런 생각이 들자 그동안 나를 고통스럽게 했던 모든 사념들이 밝고 아름답게 다가오기 시작했다. 불안하게 들려오던 괘종시계의 초침 소리도 힘차고 즐거운 음악 소리로 들려왔다. 그날 이후 나는 피하기만 했던 친구들을 만나 인생과 예술을 이야기했고, 그들과 다시 어울리며 극단으로 복귀하게 되었다.

오래전, 〈TV는 사랑을 싣고〉 제작진으로부터 연락을 받았다. 꼭 만나고 싶은 사람을 찾게 해주겠다는 제안이었다. 나는 잠깐 생각하다 그때 그 목사님을 찾고 싶다고 했다. 만나면 뭐라고 말해야 하나. 어떻게 변하셨을까. 혹시 돌아가셨다는 소식을 접하면 어쩌나, 걱정 반 기대 반으로 소식을 기다렸다. 방송국의 도움으로 우여곡절 끝에 결국 그분을 찾았지만 만날 수는 없었다. 미국 오하이오주에 생존해 계시기는 한데, 당뇨가 심하고

기력이 없으셔서 비행기를 탈 수 없다는 전갈을 받았던 것이다. 당신께서 기도해 준 사람이 너무 많아서 처음에는 나를 모른다고 했던 그 목사님은 나중에 정황 설명을 듣고는 무척 아쉬워했다는 말만 전해 들었다.

최불암과
최영한

지난날을 돌아보면 나는 늘 배우 최불암이었지, 개인 최영한
이었던 적이 별로 없었던 것 같다.

1980년대 무렵, 동료들과 나이트클럽에 간 적이 있었다. 지금
부터 어언 30여 년 전이니 내가 제법 팔팔한 나이였을 때의 이
야기이다. 그때 나는 텔레비전 드라마에서 이승만 대통령과 수
사반장의 역할을 하고 있었는데, 술자리에서도 사람들은 최불
암으로만 보려 했다. 어디에도 최영한이 숨 쉴 곳은 없었다.

"와, 대통령도 나이트클럽에 온다!"

"수사반장이 트위스트를 추네!"

나를 발견한 사람들은 나이트클럽에 등장한 '이승만 대통령'
을 낯설어 했고, 트위스트를 추는 '수사반장'을 신기하게 쳐다
봤다. 한편으로 고마우면서도 또 한편으로 억울했던 것은 춤추
는 내 모습에 장탄식을 날리는 사람들이 대개 나와 비슷한 연배
라는 사실이었다.

때론 사람들이 내게 묻곤 한다.

"세간에 비치는 최불암 씨의 이미지는 마치 성인군자인 것 같습니다. 가슴 따뜻한 아버지, 어김없이 자신의 자리에서 제 역할을 다 하는 사람……. 사실 남자라면 으레 속박 없이 자유롭기를 원하고 한번쯤 바람도 피우고 싶은 게 인지상정인데 정말 아내 외에 다른 여자에겐 관심이 없었습니까?"

참 답답한 질문이다. 세상에 열 여자 싫어하는 남자가 어디 있으랴. 예쁜 여자를 보면 한번쯤 말을 걸어 보고 싶고, 때론 '저 여자 손 한번 잡아보고 싶다'는 생각이 왜 없겠는가. 배우로 평생을 살아오면서 인기라는 것도 제법 누려 봤으니 나 좋다는 여인네 하나 없었다고 어찌 말할 수 있겠는가.

허나 그러니 어쩌란 말인가. 돌아보면 나는 친구들이나 동료들과 술집을 가더라도 남들처럼 여인네에게 진한 농 한번 건넬 엄두를 내지 못했다. 한 남자로서 제아무리 가슴이 허전하다 한들 어디에서건 나는 개인 '최영한'이 아닌 수사반장이고, 김 회장이고, 대통령이라는 사실을 잊을 수가 없었다. 마음이야 굴뚝 같아도 딴 생각을 할 수 없는 게 내 인생인 것이다. 다른 사람이라면 몰라도 '최불암'이 다른 여자에게 눈길을 주고, 바람을 피운다는 것은 절대 있을 수 없는 일인 것이다.

사람들은 내게서 어떤 이미지를 발견하고 기대해 왔다. 그들의 뇌리에는 머리를 묻고, 속내를 드러내고, 너른 등에 기대 쉬어갈 수 있는 아버지로서의 최불암만이 존재했던 것이다. 아니, 그들뿐만이 아니고 나 자신도 어느 결에 나 스스로를 '아버지'의 벽 속에 가두어 버린 것이다. 그러니 사람들의 머릿속에 '남자' 로서의 최불암은 결코 존재하지 않을 수밖에.

겉으로는, 말로는 차마 다 표현할 수 없는 게 배우의 인생이다. 프랑스의 작가이자 사상가인 사르트르는 '연기자는 빵을 얻기 위해서 연극을 하는 것이 아니다. 속이기 위해서, 자기를 속이기 위해서, …… 자기가 그렇게 될 수 없는 존재가 되기 위해서, 자기가 자기인 것에 염증이 나서 연극을 하는 것'이라고 갈파하고 있다.

공감하는 바가 크지만 그러나 사르트르라고 해서 세상사를 다 아는 것은 아니었다. 배우가 빵을 벌기 위해서만 연기를 하는 것은 아니라는 말에는 나 역시 공감한다. 그러나 자기가 자기인 것에 염증이 나서 연기를 하는 것만은 아니다. 오히려 배우는 온전히 자기 자신일 수 없을 때도 삶에 염증을 느낀다는 사실을 사르트르는 헤아리지 못했던 것 같다.

어느 유명 배우의 화장실에 커다란 사진이 걸려 있었다고 한다. 그 사진을 본 친구가 말했다.

"자네는 워즈워스를 숭배하고 있었군."

"워즈워스가 누구지?"

"누구긴 누구야. 저 사진이 워즈워스잖아. 영국이 낳은 유명한 시인이라고."

"저 영감이 그 시인이야? 나는 단지 인간의 주름살을 연구하려고 저 사진을 들여다봤을 뿐인데."

결국 나는 내 인생의 대부분을 남의 인생으로 살았고, 그나마 주어진 자신의 시간도 욕망대로 부리지 못하고 '연기'를 해온 셈이다. 시인의 시를 사랑한 것이 아니라 그가 지닌 주름살을 사랑한 것이 아닌가 싶어 나는 더럭 겁이 난다. 최영한의 주름살이 드러날 때면 내 마음속에도 묘한 아쉬움이 안개처럼 피어난다.

꽃밭에
불 지르랴

꽃밭에 불 지른다는 말이 있다. 도무지 풍류風流를 모른다는 말로 인정사정없는 처사, 혹은 한창 행복한 때 재액이 일어난다는 말이라고 한다. 그렇다면 풍류는 무엇일까. 우아하고 멋스러운 정취다. 찰거머리 같은 일상사, 끔찍한 세상사에서도 늘 마음의 여유를 갖고 즐겁게 살아갈 줄 아는 삶의 지혜와 멋이다. 한국의 고유사상을 풍류라고 규정한다면 그 누가 부정할 것인가.

일상에서 우리는 꽃밭에 불 지르는 일이 허다하다. 맛이 있거나 말거나 음식을 주문한 지 5분도 안 되어 재촉을 하고, 택시를 타자마자 목숨은 아랑곳없이 빨리 가자는 말부터 꺼낸다. 더 빠른 컴퓨터, 더 빠른 자동차, 더 빠른 의미를 찾아 제 정신을 놓는다.

어느 날, 내가 급한 일이 있어 차의 운행이 뜸한 도로를 가로지르고 있었다. 오가는 사람도 별로 없었고, 횡단보도는 너무 멀었으며, 내게는 급한 용무가 있었다. 마침 지나가던 택시가 멈췄다. 이윽고 차의 유리문이 내려지는가 싶더니 나를 알아본 운전사가 웃는 얼굴로 소리쳤다.

"본부장님, 그쪽은 횡단보도가 아닙니다!"

나는 부끄러웠고, 쥐구멍이라도 찾아 들어가고 싶었다. 그러한 내 처지가 더러 불편할 때도 있고, 그게 쌓이면 더러 화가 날 때도 있으나 꽃밭에 불을 지른 나의 태도는 공인으로서 변명의 여지가 없다. 나는 낯을 붉히며 잘못을 저지른 어린아이처럼 뒷머리를 긁적일 수밖에 없었다.

작자는 알 수 없지만 〈풍류風流〉라는 글을 읊조리며 지낸 적이 있다. 그 글은 아래와 같다.

풍류

사랑, 추억 아름답다.
그러나 격이나 값은 풍류

풍류는 점잔을 벗어나
난봉으로 들어가는 길목에 존재하지만
그렇게 속되지도 않고 그렇다고
성스럽지도 않다. 그래서 중용.

풍류는 가르침을 받아 배워지는
인문과학이나 자연과학과 같은
당대에 이루어지는 학문이 아니다.

어쩌면 '피의 소리', '끼의 맥박'
나아가 '기질의 숨소리' 같기도 하다.

풍류의 매체는 술이다.
술 없이는 풍류를 논할 수 없다.
술은 시며 소설이며 수필이다.
풍류는 글씨며 그림이며 소리다.
술은 풍류를 묶어 싼 보자기다.

화랑정신이, 선비정신이, 한국인의 정서에 흐르는 문화와 예술의 근간이 풍류가 아닐까. 가무를 즐기고 술을 사랑하며, 철 따라 물 좋고 산 좋은 경관을 찾아 노닐면서 자연과 기상을 키워 나가던 우리의 동력은 어디로 사라진 것일까.

지인들과 중국 심양에 갔을 때의 일이다. 우리 일행은 북한 당국이 운영하는 한 음식점에 들어갔다. 남한의 기준에서 본다면 음식 값은 매우 쌌고, 화장기가 전혀 없는 여성 종업원들의 친절한 태도는 이채로웠다. 우리는 남한 돈으로 2만 원 정도에 해당하는, 메뉴판에서 가장 비싼 요리를 시켰다. 그러자 여성 종업원은 정색을 하며 말했다.

"그 요리는 비싸기만 하지 실속이 없습네다. 이 요리를 드셔 보시라요."

그 종업원은 싸고 실속 있는 요리라며 다른 요리를 권했다. 우리들은 그 종업원의 솔직하고 따뜻한 배려에 감격했다. 요리와 술이 나왔을 때 그 종업원은 다시 말했다.

"술을 한 잔 따라 드려도 되겠습네까?"

규정상 손님이 있는 자리에 같이 앉을 수는 없다고 말하면서도 그녀들은 일반 음식점에서 서슴없이 술을 따르며 흥취를 돋우었다. 술을 마시는 취향이 다를 수 있었기에 그녀들은 우리에게 다시 물었다.

"얼음 들어갑네까?"

나는 그의 물음에 묘한 기분을 감출 수 없었다. 술을 마시는 사람과 시중을 들어주는 사람 사이의 적당한 거리, 묘한 '풍류'를 느꼈던 것이다. 풍류는 점잖을 벗어나 난봉으로 들어가는 길목에 존재하지만 그렇게 속되지도 않고 그렇다고 성스럽지도 않았던 것이다.

"이 사람 어디서 본 것 같지 않습니까?"

우리 일행 중의 누군가가 나를 가리키며 한 종업원에게 물었다. 그러자 그녀는 갑자기 목소리를 낮추며 말했다.

"알고 있습네다."

외화를 벌어들이기 위해 중국에 머물고 있었으나 그녀들은 이익만을 추구하지 않았고 속되지도 않았다. 그녀들은 오히려 순수했고, 마음의 여유가 느껴졌다. 고마움을 표시하고 싶었던 우리는 그녀들이 팁을 받을 것 같지 않아 10불짜리 다섯 장을 식탁에 두고 도망치듯 빠져나와야 했다.

여담 하나 더. 남북문화교류 시절을 떠올리면 부끄럽기 짝이 없다. 언젠가 남한과 북한의 배우들이 한자리에 모여 담소를 나눈 적이 있었다. 나의 눈에만 그렇게 보였는지는 모르지만 북한의 여성 배우들은 하나같이 순박했다. 그들, 북한의 공훈 배우들은 몸에 아무런 치장을 하지 않았다. 귀고리, 목걸이, 반지, 시계 하나 끼고 있는 사람이 없었다. 반면에 나는 최고급 양복과 와이셔츠를 입고 당시 선물로 받은 최고급 라이터로 불을 붙여 담배를 피웠다. (지금은 금연을 하고 있지만 당시 나는 꽤 담배를 많이 피웠다.) 물론 남한의 여성 배우들도 온갖 액세서리로 치장을 하고 있었다. 그러나 정작 내가 놀란 건 북한 배우들의 태도였다. 그들에게는 결코 우리를 부러워하는 기색이 없었다. 나중에 그들은, 우리들에게서는 옷만 보였지 사람이 보이지 않았다는 평을 했다고 한다. 뒷맛이 쓸 수밖에 없었다.

한 개비의 담배는 생각을 낳고, 한 잔의 커피는 대화를 낳고, 한 잔의 술은 마음을 연다는 말을 시도 때도 없이 말하고 다닌 적이 있었다. 생각해 보면 그때는 꽤나 풍류가 느껴지던 시절이었다.

지금은 주문을 외우듯 이런 시를 읊조리고 산다.

법당에 머문 햇살만으로
흡족한 스님의 마음으로
목탁은 물고기처럼
언제나 깨어 있으라는
소리 없는 법문이다.

깨어 있음은
자기 밖의 세상
그리고 자기를 꿰뚫어 보는 성찰이다.

행동이 그른지 옳은지
한눈팔지 말고
나를 살펴보란 뜻이다.

순수한 열정을 불사르되 중용을 지키며, 속되지 않되 항상 깨어 스스로를 살피는 것이 오늘을 사는 풍류다. 그대, 꽃밭에 불을 지르겠는가.

05

NG,
다시 갑시다!

T e l o p **탤롭**

프로그램 끝부분에 제작진의 이름 등을 담은 자막.
텔롭을 보면서 시청자는 작품의 여운을 음미한다.
크레딧credit이라고도 한다.

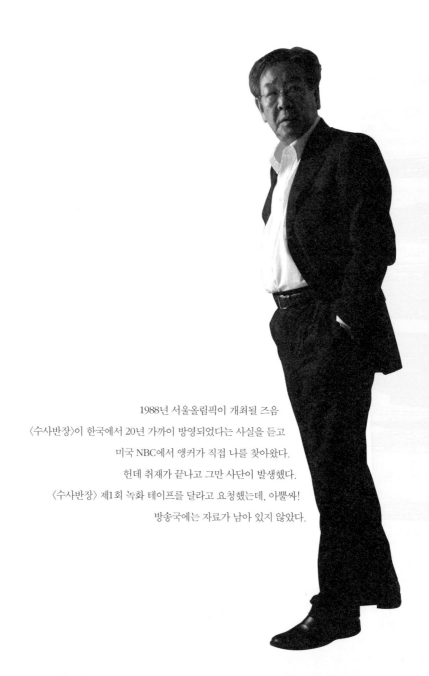

1988년 서울올림픽이 개최될 즈음
〈수사반장〉이 한국에서 20년 가까이 방영되었다는 사실을 듣고
미국 NBC에서 앵커가 직접 나를 찾아왔다.
헌데 취재가 끝나고 그만 사단이 발생했다.
〈수사반장〉 제1회 녹화 테이프를 달라고 요청했는데, 아뿔싸!
방송국에는 자료가 남아 있지 않았다.

철학과 소신
그리고
리더십

대선이 다가온다. 갑론을박, 대통령의 덕목에 관한 수다한 논쟁이 펼쳐지고 있다. 이제 정치는 나의 관심 밖이니 새삼 거론할 바가 없겠고 생각난 김에 드라마 촬영 현장의 리더십에 관해서 한마디 의견을 보태고 싶다.

개인적으로 호감을 가지고 있던 연출자가 한 사람 있었다. 명문대를 졸업하고 공채 수석으로 방송국에 입사한 그였기 때문에 주변에서 거는 기대도 남달랐다. 하지만 여러 가지 좋은 조건에도 불구하고 그에게는 결여된 것이 있었다. 요즘 젊은이들의 말로 '2프로'가 부족하다고 할까, 그에게는 드라마에 대한 철학이 없었던 것이다. 철학이 없으니 듬직하게 중심을 잡고 촬영 현장을 장악할 카리스마도 부재할 수밖에.

드라마 한 편을 찍는 것은 지금도 젖 먹던 힘을 다 소진하는 일이지만, 예전에는 시설, 장비, 인력 등 모든 면에서 지금보다 수고가 두어 배는 더했다. 그 모든 어려움을 이겨 내고 드라마에 목을 맨 식구들을 진두지휘하는 것이 연출자인데, 지휘자에게 철학이 없고 하여 순간순간 결단을 내리지 못한다면, 촬영은 말 그대로 지지부진, 한없이 늘어지게 되어 있는 것이다.

어느 날 촬영을 끝낸 회식 자리에서 나는 그에게 이렇게 조언했다.

"이보게, 이 일은 국회의원 열 명이라도 하기 힘든 일이야. 어떤 의미에서는 더 큰 정치를 하는 게야. 자부심을 갖고 하게나."

그는 내 말이 무슨 의미인지 알아듣지 못하는 눈치였다.

"쉽게 얘기해서 자네가 총사령관이란 말일세. 지금 인원이 50여 명 되는데, 이렇게 대규모 촬영을 하면서 대장이 중심을 못 잡으면 되겠나. 이걸 끌고 나갈 수 있다는 자신감도 중요하다구. 고지를 설정해 놓은 다음 '자, 이리로 가자' 하면서 모두를 휘어잡을 수 있어야 한다는 말이야. 그렇게 하기 위해서는 일종의 정치력도 있어야 해. 군인으로 치면 사령관 역할을 해야 된단 말이야. 그런데 왜 그렇게 소신을 갖지 못하는 건가."

나의 지나친 간섭이었을까. 그는 조언을 받아들이지 못하고 논쟁을 하려 들었다.

"최 선생님, 저도 아무렇게나 일하는 게 아닙니다. 저에게도 생각이 있다는 말입니다."

그는 나에게 섭섭했던 모양이었다.

"자네가 생각 없이 처신한단 소린 아니네. 내 말을 곡해해서 듣지 말게나. 그리고 생각은 현장에 나와서 하는 게 아니야. 스케줄이 빡빡한 거야 나도 알고 자네도 알지 않는가. 그래, 오늘 촬영한 분량이 얼마나 돼? 비효율적으로 이러지 말자구. 자네가 갈피를 잡지 못하니까 모두들 덩달아 갈팡질팡하지 않는가 말일세. 이러는 거 내가 보기에도 안타깝네. 난 단순히 드라마 한 편 찍는 걸 얘기하는 게 아닐세. 이 일에는 정치, 철학, 종교 모두가 포함되어 있는 거야. 지금 자네가 서 있는 곳이 그렇단 말이야. 그러니 용기를 가지라구. 용기를."

그날의 언쟁 아닌 언쟁은 그렇게 끝나고 말았다. 그가 내 조언을 받아들였는지 그렇지 않았는지는 알 수 없지만 지금도 나의 생각에는 변함이 없다. 무소불위의 권력을 휘두르라는 말은 아니었다. 다만 자신의 철학을 바탕으로 확고한 추진력을 발휘하라는 조언이었을 뿐.

솔직하게 말하자면, 이즈음의 제작 현장 풍토는 그리 달갑지 않다. 내가 너무 보수적이어서 그런지 모르겠지만 많은 연출자들이 통솔력을 가지고 효율적으로 찍는 것이 아니라 사탕 먹듯이 곱게 곱게 찍어서 어떻게 내보내느냐를 더 중요한 가치로 여긴다. 하지만 40년 연기를 해온 배우로서, 나의 기대는 그것과 다르다. 연출자 입에서는 이런 목소리가 나와야 한다.

"오늘 이 시간에는 이걸 찍어야 하니 당신은 오늘 쉬어. 그래야 내일 이걸 찍었을 때 서로 맞아. 그리고 그 장비는 다음 스케줄에 맞게 준비해. 쓸데없이 미리 빌리지 말고."

스케줄을 정확하게 통제하고 끌어나가는 능력이 연출자에게 있어야 한다. 그런 능력이 없다면 그는 그 자리에 있을 필요가 없다. 하루에 수백만 원씩 하는 장비들을 빌려 이럴까 저럴까 고민만 하고 효율적으로 사용하지 못한다거나, 수백, 수천 명의 엑스트라를 고용해 놓고는 다른 일에 신경 쓰다 그들을 하루 더

방치한다면, 그 엄청난 제작비를 어떻게 감당할 것인가. 아니, 돈은 차치하고 그런 비효율성으로 무슨 걸작을 찍겠다는 말인가. 리더십 부재, 이것이 요즘 제작 현장의 풍경이라면 풍경일 것이다. (지금 내가 주제 넘은 소리를 하고 있다는 것을, 내가 안다.)

나는 현장에서 리더십을 제대로 발휘하지 못하는 연출자들을 한눈에 알아본다. 그리곤 습관처럼 잔소리를 늘어놓으며 참견을 한다. 그러지 말아야지, 다짐하지만 자신도 모르게 노파심이 고개를 드는 것이다. 그러다 보니 자꾸 지적을 하게 되고, 그들은 나를 잔소리 심한 늙은이로 보게 되는 것이다. 난들 그 일이 좋아서 하겠는가. 내가 느끼는 스트레스 또한 만만찮다. 내가 점차 일을 기피하게 되는 것도 어쩌면 이러한 이유가 작용하고 있는 건 아닌지 모르겠다.

하지만 역지사지라고, 뒤집어 보면 그들의 판단이 틀린 것만도 아니다. 아무리 변명을 해도 역시 나는 정점을 지나간 세대이고 그들의 세련된 감각을 미처 따르지 못할 것이다. 다만 아직 현장을 뛰어다니는 배우로서 새로운 흐름에 뒤지지 않으려 노력하고 있으니, 그저 간섭으로만 여기지 말고 함께 고민하는 동료의 고언으로 받아들여 주었으면 하는 것이 나의 바람이다.

연출에 대해서는 이쯤 하고, 텔레비전에 대해서도 잔소리를 좀 늘어놓아야 하겠다. TV라는 매체는 교육, 시사, 정보 등 다양한 분야를 갈망하는 사람들의 욕구를 충족시키는 도구다. 지금이 어떤 세상인가. 누구나 정보화시대라는 말을 쉽게 입에 올릴 정도로 발전의 속도가 빠르지 않은가. 눈에 보이는 벽은 있을지라도 정보를 가로막던 시간과 공간의 벽은 사라진 지 오래다. 이웃에 누가 사는지는 몰라도 지구 저편에서 어떤 일이 벌어지는지는 훤히 알 수 있는 게 요즘 세상이다. 우리는 지금 '대한민국에 사는 나는 누구인가?'라는 정체성을 고민하지 않고 '세계 속의 나는 누구인가?'를 질문하며 더 높은 비상을 꿈꾼다.

소설가 조지 오웰은 소설 〈1984년〉에서 세상은 빅 브라더가 통제할 것이라고 예견했다. 부정적이든 긍정적이든 현실의 변화하는 모습을 보면 그의 예견이 맞아들어 간다는 생각을 하게 된다. 지금도 우리 머리 위에는 수천 개의 위성이 세계 곳곳을 감시하며 떠 있다. 인터넷을 통해서 개인의 정보가 유포되고 휴대전화와 각종 전파매체의 발달로 사생활이 침해받기도 한다. 이렇듯 비약적인 기술의 발전 속에서 소프트웨어를 개발하고 운용하는 사람들의 지적 수준 또한 상당하다. 내 주변을 둘러봐도 그들은 나와 같은 구시대적 인물들이 따라가지 못하는 지식을 축적하고 있다. 그런데 한 가지 아쉬운 점은 그러한 지식을 효율적으로 활용할 수 있는 조직력, 지도력을 갖춘 인재가 흔치 않다는 사실이다.

사람들은 TV를 '바보상자'라고 일컫는다. 하지만 지금의 시대에 TV를 그렇게 볼 수 있을까. 전혀 그렇지 않다. 그러한 인식은 사라져야 한다. 그 일을 담당해야 할 사람들이 바로 현장을 지휘하는 이들이다. 오락이든 정보든 학문이든, 텔레비전이라는 매체는 지속적으로 프로그램을 만들어 내고, 사람들은 또 그것을 보게 되어 있다. 나는 텔레비전 매체에 종사하는 인재들이 이런 저런 흐름과 무책임한 비평에 휘둘리지 않기를 바란다.

그로써 미래를 내다보고 일반 대중의 정신을 건강하게 할 프로
그램을 만들어 내기를 기대한다. 그에 앞서 그에 걸맞은 역량과
영향력을 가져야 하는 것은 물론이고……

브라운관은 좋은 선생과 함께하는 칠판과 같은 것이 아닐까
싶다.

시작이
반이다

1988년 서울올림픽 당시 미국 NBC에서 앵커가 직접 나를 취재하기 위해서 찾아왔다. 올림픽 개최국인 한국의 문화적 수준과 현황을 둘러보기 위해 찾아온 길에 '수사반장'이 한국에서 20여 년 가깝게 방송되었다는 사실을 듣고 겸사겸사 전 세계의 시청자들에 소개하겠다는 것이었다. 앵커는 잘 생긴 흑인이었는데 이름은 생각이 나지 않지만 방송을 틀면 늘 눈에 띄던 인물이었다.

인터뷰가 시작됐고, 나는 통역을 통해 그의 질문에 답했다. 사진도 여러 컷 찍었던 걸로 기억한다. 내가 미국의 유명 방송에도 나간다니 한편으로는 설레는 마음도 없지 않았다. 그런데 취재가 끝나고 사단이 벌어졌다. NBC에서는 3일 동안 이것저것 보조 취재와 촬영을 한 이후 방송국에 〈수사반장〉 제1회 녹화 테이프를 달라고 정식으로 요청을 했다. 그런데 아뿔싸! 1971년 3월 6일 시작된 〈수사반장〉 1회의 자료는 방송국 어디에도 없었던 것이었다. 아니, 영상자료뿐 아니라 대본도 남아 있지를 않았다.

당연히 방송국에 1회 영상자료가 있으리라 예상했던 나도 적지 않게 당황할 수밖에 없었다. 물에 빠진 사람 지푸라기라도 잡는다고 내가 개인적으로 보관해 온 VTR 자료를 찾아 보았지만 그마저도 보관 상태가 좋지 않아 방송용으로 사용할 수는 없었다. 당시의 녹화 테이프는 온도와 습도가 맞지 않을 경우 쉽게 훼손되거나 지워져 버리기 일쑤였기 때문이다.

MBC에서는 100회 영상자료를 소장하고 있으니 그것으로 대체하면 안 되겠냐고 물었다. 그러나 그들이 줄기차게 요구하는 것은 제1회 녹화 테이프였다. 우리 기준으로야 1회 영상이건, 100회 영상이건 별 상관이 없었겠으나 그들이 단호하고도 고집스럽게 요구하는 건 바로 공중 전파를 탄 〈수사반장〉의 첫 화면이었다. 결국 NBC 측은 노골적으로 불만을 드러내면서 돌아갔다.

2002년 월드컵 때는 일본의 NHK에서 〈전원일기〉를 취재하기 위하여 방송국을 찾아 왔다. 그들도 〈전원일기〉 녹화 스튜디오를 촬영하고 관련 인터뷰를 마친 후에 〈전원일기〉의 1회 영상자료와 대본을 요구했는데, 혹시나 했으나 역시, 그것도 찾을 길이 없었다. 100회, 150회의 영상자료는 있었으나 대본은 보관된 것이 하나도 없었던 것이었다. "기록과 자료를 이렇게 소홀히 보관하는 곳이 어디 있느냐?"고 추궁하듯 묻는 그들 앞에서 우리는 할 말이 없었다. "아프리카 미개국에서도 이런 일은 없을 것"이라며 난감한 표정을 지었을 때, 우리는 정말 쥐구멍이라도 찾고 싶은 심정이었다.

  '문화의 미개국'이 되는 가장 쉬운 방법은 무엇이든 방치하는 일이다. 자랑스러운 우리의 역사가 후대에 이어지지 못하게 하려면 모든 관심을 끊고 나 몰라라, 내버려두면 된다. 내 일이 아니고 누군가 다른 사람의 일일 테니까 말이다. 그러나 이렇게 비꼬아서 말하는 나부터도 게으르고 무지해서 '소중한 우리 것'을 지키지 못했으니 무슨 할 말이 있겠는가. 입으로만 최선을 다했던 보잘것없는 자신을 뒤늦게 추궁하는 꼴, 이게 우리의 모습이었던 것이다. (요즘 MBC의 최문순 사장이 열의와 사명감을 지니고 기록의 보존에 힘쓰고 있다는 말을 들었다. 만시지탄이로되, 참으로 다행한 일이다.)

사례와
개런티

지금은 모든 출연자들이 받는 돈을 '개런티'라고 말한다. 사전적 의미는 '보증, 최저 보증 출연료'이다. 하지만 예전에는 개런티가 아니라 '사례'라는 용어를 사용했다. 나도 옛날 사람이라 사례를 받으며 방송생활을 시작했다. 방송국에 와서 돈을 받는다는 건 언제나 쑥스러운 일이었다.

사례라는 건 '차 타고 왔으니까, 나와서 점심 먹어야 하니까, 차비에 점심값 더해서……' 뭐 이런 식의 계산이다. 당연히 생계를 위한 돈은 받은 기억이 없다. 점잖게 표현하자면 거마비車馬費 정도가 될 것이다. 사례라고 생각해서 그랬는지 몰라도 그 돈을 받을 때는 참 신통했다. '아, 내가 오늘 엑스트라하고도 이 돈을 받았구나. 드라마에 출연해서 남한테 보이고 유익했는데, 돈을 이만큼 받았구나' 하며 즐거워했다.

그렇듯 평생을 방송을 해서 받는 돈을 사례라고 여기며 살았다. 그런데 후에 '출연료'라는 용어를 사용하고부터는 욕심이 생기기 시작했다. 그리고 새롭게 등장한 용어가 '전속료'라는 것이었다. '내가 돈을 줄 테니 다른 방송국엔 절대 출연하지 마!'라며 구속력을 갖는 올무였다.

단언하건대, 돈 때문에 방송을 시작하는 연기자는 없다. 인기가 올랐으니 돈을 더 많이 받아야 하는 거 아닌가, 라고 생각하는 사람은 있을지 몰라도 처음부터 돈을 목적으로 연기생활을 시작하는 이는 없다. 시청자가 자신의 연기를 봐주고, 좋은 평가를 해주는 것 자체로 행복을 느끼는 게 거개의 연기자다. 그 사이에 '돈'이라는 개념이 끼어들 틈은 없다.

하지만 그것도 다 옛날이야기가 되어버린 듯하다. 요즘은 CF 하나를 더 찍으려 아우성이고, 영글지 않은 재능을 반짝 눈속임으로 가려 큰돈을 벌려는 이들이 부지기수다. 어디 그뿐인가. 언제부턴가 소속사라는 것이 생겨나서 서로 경쟁을 하듯 연예인들의 출연료를 수억, 수십억 원대로 올려놓았다. 회사가 만들어졌으니 당연히 각종 출연료를 통해 투자비를 뽑으려 하고, 그러다 보니 유명 연예인의 몸값이 천정부지로 오른 것이다. 이제 우리나라 연예계도 외국의 연예인들처럼 부의 상징으로 자리를 잡아가고 있다.

하지만 연예인들에게 이러한 시스템이 마냥 좋은 것만은 아니다. 최근 논란이 되고 있는 소위 '노예계약'이라는 함정이 그들 앞에 도사리고 있는 것이다. 그런 문제의 핵심에는 연예인을 발굴하고 투자하는 소속사가 있겠지만 출세지향적으로 장밋빛 미래만을 동경하는 개인에게도 분명 잘못이 있다.

진정한 연기자라면 자신이 꿈꾸는 좋은 작품에 무보수 출연이라도 마다하지 않는 멋스러움이 있어야 할 것이다. 하지만 한편으로는 그러고 싶어도 회사에 소속된 몸이라 그럴 수 없는 게 현실이다. 제작자의 입장에서도 스타 한 사람에게 절반 이상의 제작비를 몰아주니 질 높은 작업을 하지 못하는 악순환이 벌어지는 것이다.

장동건이나 배용준 같은 연기자들은 이제 더 이상 텔레비전에 나오지 않는다. 개인의 선택일 수도 있겠으나 그보다도 어마어마한 출연료를 누가 어떻게 감당하겠는가. 어떻게 그들을 섭외했다고 해도 이번에는 한정된 제작비에서 여타 배우들의 출연료를 걱정해야 한다. 아버지, 엄마, 형이 없는 드라마가 그래서 등장하는 것이다. 이런 판국에 연기자들 간의 위계질서와 계보를 논한다는 것 자체가 넌센스다.

연기자는 스스로의 자존감으로 우뚝 서서 자신의 일을 해야 한다. 하지만 요즈음 풍토처럼 소속사에 매여 그들이 시키는 대로 일을 하다 보면 쉽게 공허와 좌절을 느끼기 마련이다. 그러다 보니 내면의 갈등도 심해지고 그것을 참지 못해 결국 자살을 선택하는 어처구니없는 상황까지 벌어지는 것이다. 누구나 처음 몇 년간은 '이렇게 사는 게 당연한 것이구나' 하며 견디지만 어느 날 문득 자신이 소모품에 불과했다는 사실을 깨달았을 때, 그들은 그만 무너지고 마는 것이다. 소속사들은 오디션이나 소위 '길거리 캐스팅' 같은 방법으로 예비 스타들을 보충하지만 시간이 지나 쓸모가 없으면 가차 없이 내버리는 게 현실이다. 그런 생리를 자연스럽게 받아들일 만한 개인이 얼마나 있을까.

참으로 씁쓸하고 무서운 일이다.

애기가 너무 무겁게 흘렀다. 다시 내 얘기로 돌아오자. 내가 처음 방송일을 시작했을 때만 해도 '사례'는 돈이라고 할 수도 없는 작은 액수였다. 엑스트라에서 출발하여 어떤 역할이건 주어지는 대로 뛰어들던 내 나이 27∼28세 즈음의 일이다.

총각 시절이라 목돈 들어갈 일도 없었고, 있으면 쓰고 없으면 안 쓰는 생활을 하다가 결혼을 앞두고 전세자금을 마련하게 되었다. 내가 40만 원을 마련했고 어머니께서 20만 원을 보태 주셔서 60만 원짜리 전셋집을 구했다. 그게 내가 처음 돈을 모은 일 아니었나 싶다. 그래도 전셋집으로 시작하는 건 당시로선 호사였다. 나중에는 100만 원, 300만 원짜리 전셋집으로 차례차례 옮기며 살았다. 그렇듯 20여 년에 걸쳐 전셋집을 전전하다 1979년도에 꿈에 그리던 내 집을 장만하게 되었다. 당시로서는 부촌이었던 여의도에 3,000만 원 상당의 아파트(시영주택)를 구입했다. 내 자신이 얼마나 뿌듯하고 자랑스러웠는지 모른다.

분야가 어찌되었든, 성공한 사람들은 돈을 벌 목적으로 자신의 일을 시작하지 않는다. 그저 하고 싶은 일에 정열을 쏟아 매진하다 보면 성공이 오고 물질적 보상이 따르는 것이다. CF 찍는 일도 마찬가지다. 나 역시 CF에 많이 등장했지만 지금도 출연료를 놓고 고민한다. 지나치지도 않고, 동료 선후배 연기자들에게 피해를 주지도 않아야 한다는 의식 때문이다.

어떻게 하면 예쁘게 보일까, 거울만 들여다보는 게 연기자가 아니다. 작품 안에서 자신이 직접 길을 찾고 제시하려는 노력 없이 겉모습만 그럴싸해 봐야 결국 정체가 들통 나고 마는 것이다. (문득 떠오른다. 남상미라는 후배 연기자가 있다. 함께 출연을 하며 한동안 지켜봤는데 이 친구 거울을 한번 안 보고 연기에 몰두한다. 내가 안 보는 데서 거울을 봤을까? 어쨌든 참 기특한 후배다.) 나 역시 거울을 보지만 그것은 마지막 분장 후 단 한 번이다. 그것도 분장을 한 내 모습을 보기 위해서가 아니라 '최불암! 너 여기서 기다려라. 난 이제 그 사람이 되어 스튜디오로 간다' 하며 인간 최불암을 남겨 두고 갈 때뿐이다.

사족을 붙인다. 일은 즐겨야 한다. 즐기기 위해서는 자기 자신을 항상 최상의 상태로 만들기 위해 노력해야 하고, 당연히 체력과 건강에 신경을 써야 한다. 연기자의 몸은 다른 인물을 창출해 내는 도구인 까닭이다.

결과냐
과정이냐

'오락'이라는 주제를 놓고 모 방송국의 어느 이사와 논쟁을 벌인 적이 있다. 그는 오락은 무조건 재미있어야 한다며, 재미없는 프로그램은 하루라도 빨리 없애야 한다고 말했다. 하지만 나는 다른 생각을 갖고 있었다. 나는 그에게 말했다.

"도대체 오락이라는 게 뭐요? 진지하고 교육적인 것이라 해도, 보는 사람이 다소 지루하게 여긴다 해도, 그 자체가 이미 오락인 거요. 왜? 자신의 여가 시간을 이용해서 보는 거니까!"

사랑은 그것이 이루어지는 순간보다 진행되는 과정 속에 더 큰 의미가 있다고 했다. 방송도 다르지 않다. 적어도 방송을 주체적으로 제작하는 사람이라면, 거대한 강물의 흐름 안에 숨어 있는 또다른 의미를 깨달을 수 있어야 하지 않을까.

언젠가 한 기자가 '우리나라 방송의 방향성'에 대해서 질문을 해왔다. 그때 나는 우리나라의 각 방송국이 하나의 '정책당'이 되었으면 좋겠다는 대답을 했다. 그 말이 무슨 말인지 몰라 그는 눈을 꿈뻑거리고 있었는데, 그게 어려운 얘기가 아니다. 영국의 BBC나 일본의 NHK가 좋은 예가 될 것이다. 그들 방송국은 각각 색깔이 분명한 전문성을 유지하고 있다. 그와 비교했을 때 우리나라의 방송은 서로 다른 특징을 갖고 있지 않다. 생각해 보라. KBS와 MBC와 SBS가 어떻게 다른지, 누가 대답할 사람이 있겠는가. 물론 3개 방송국이 자신만의 색깔을 유지하며 프로그램을 제작한다면 시청률과 그에 따른 광고수익의 불균형으로 인해 현격한 수익구조 편차를 보이게 될지 모른다. 하지만 그것은 정부가 정책적으로, 행정적으로 처리할 문제이고 내가 그것까지 논하지는 않겠다. 다만 한 방송국의 시청률이 30퍼센트를 넘어설 때 다른 곳의 시청률이 10퍼센트에도 못 미치는 현상이 나타날 수도 있는 것이 건강하고 바람직한 방송구조라는 게 나의 주장이다. 아무 다를 것 없는 내용의 방송이 도토리 키재기 식으로 시청률을 나누고 있는 형국에서는 발전이 있을 수 없다. 언젠가는 10퍼센트의 시청률을 올리는 방송국이 더 의미 있고 더 자랑스러운 역할을 담당하는 시대가 올 것을 나는 믿기 때문이다.

정주영을
읽는
일곱 가지 코드

첫 번째 코드. 언젠가 소설가 김주영 씨와 나 그리고 정주영 회장 셋이서 술을 마신 적이 있었다. 김주영 씨도 술을 잘했고, 나도 상다리를 붙잡고 마셨던 기억이 난다. 모두 대취해서 어떻게 방에 누웠는지 모르겠고, 일어나니 아침 9시 30분이었다. 주인에게 물어보니 정 회장이 쓰러진 우리 두 사람을 데려와 물을 먹이고 자리에 뉘어 주셨다고 했다. 그리곤 새벽에 나가셨다는 것이었다.

술을 함께 마셔 보면 그 사람의 본성을 알 수 있다는 게 정 회장의 생각이었다. 우리의 취한 모습을 한번 보시려고 한 것 같은데, 반대로 우리는 그 기회를 통해 정주영 회장의 자상함을 느꼈다.

두 번째 코드. 한국어린이재단에서 일하는 내게 정주영 회장은 '좋은 일 좀 같이 해보자'며 지역사회교육협의회 참여를 권했다. 지역사회교육협의회는 미국 자동차 회사인 GM이 초중등학교의 운동장 등 시설을 이용해 지역사회에 도움을 줄 수 있는 방법을 찾아보는 사회교육운동으로, 1969년 정 회장이 이 프로그램을 국내에 도입한 것이었다. 당시 서울대 박동규 교수 등 교육계 인사들과 유익한 시간을 함께하면서 사회교육에 대한 정 회장의 열정을 발견할 수 있었다.

세 번째 코드. 1985년 현대백화점 압구정점이 들어설 당시 동창이었던 정장현 사장이 백화점 내에 자리를 내줄 테니 지역사회에 기여한다는 차원에서 극단을 운영해 보라는 권유를 해왔다. 이듬해 12월 '현대예술극장'이라는 이름으로 150석 규모의 극단을 열었다. 개막 첫 작품으로 〈애니〉를 올렸는데 정 회장과 사모님이 관람을 하셨다. 나중에 지하실에 100평 규모의 연습장을 빌려 개장 고사를 지내는데 참석하셔서 '가난하긴 하지만 예술은 원래 이렇게 출발하는 거요'라며 격려해 주었다. 예술에 대한 관심이 남달랐던 분으로 기억한다.

네 번째 코드. 정주영 회장은 평소에 '나의 모든 것은 아버지로부터 물려받은 것'이라며, 아버지로 인해 땀과 부지런함 그리고 가난을 알았다고 말했다. 아버지는 도망 나온 아들을 찾아 내서는 창경원 구경을 시켜 주셨는데, 아들 혼자만 들여보내고 당신은 밖에서 담배를 피우며 기다리셨다고 했다. 돈이 없으니까.

그 얘기를 듣고 내가 말했다.

"현대마크가 삼각형인데 회장님께서 통천-서산-울산을 잇는 삼각형을 표현하셨지요? 파란색은 들판, 노란색은 벼가 익은 모습이고……."

"자네는 상상력도 참 좋구먼."

故 정주영 회장의 일대기를 그린 MBC 드라마 〈영웅시대〉(2004).
평소 정 회장은 농사의 철학이 기업 경영의 밑바탕이 되었다고 말하곤 했다.
사석에서 서산 간척지를 만들 때 어떻게 배를 댈 생각을 했냐고 물었더니,
"우리 아버지가 말이야. 논에 물을 막을 때 지푸라기 몇 개 갖다놓으시는 거야.
그러면 희한하게도 논 물꼬가 막히는 거야"라고 했다.

정주영 회장은 그렇게 말하며 웃었다.

다섯 번째 코드. 많이 알려진 얘기는 아니지만 〈전원일기〉에 정주영 회장이 출연할 뻔했다. 드라마에 20분 동안 출연해 김 회장인 나와 정 회장이 이야기하는 장면을 넣자고 요구해 와 MBC가 수락을 한 적이 있었다. 그런데 녹화 2~3일 전에 못하 게 됐다고 연락이 왔다. 왜 그러냐고 물었더니 사장단이 반대를 하기 때문이라며 애석해 했다. 돌아보면 정 회장은 순수한 마음 을 가진 분으로 기억된다.

여섯 번째 코드. 1989년 현대 사장단, 학계 교수진과 함께 중 국을 방문한 일이 있었다. 나도 동행한 자리에서 한 음식점에 걸린 한문 구절을 유심히 읽어 보시더니 정 회장은 말했다.

"뭔 글자가 빠졌구만, 엉터리야."

우리는 놀라지 않을 수 없었다. 주변에는 교수들도 있었는데 아무도 몰랐다. 중국 교수가 유심히 살펴보더니 정 회장의 말이 맞다며 실수를 인정했다. 나는 정 회장의 안목에 놀라지 않을 수 없었다.

일곱 번째 코드. 대통령 선거 때, 정 회장의 선거 유세기간 동 안 주로 헬기를 이용해서 이동을 했는데, 이동구간의 산이든 물 길이든 일일이 직접 설명을 해주어 놀라지 않을 수 없었다. 한 국의 지형이 그의 손바닥 안에 있었던 것이었다.

한번은 강원도 유세가 있어 헬기로 이동하려는데, 기장이 악 천후라서 공항의 승인을 못 얻었다고 말했다. 그래도 정 회장은 헬기를 이륙시키라고 호통을 쳤다. 대관령을 넘어가는데 기장 이 기류 때문에 도저히 넘을 수 없다고 말했다. 그래도 정 회장은 가자고 말했다. 세 번이나 시도했는데, 계속 실패를 하니 정 회장은 골짜기로 가라고 지시했다. 우리는 꼭 죽는 줄로만 알았다. 어떤 일이 닥치든 절대 부정적인 생각은 하지 않는 사람이라는 걸 그때 알았다.

나는 평생 연기자로 살아오면서 나름대로 한국인의 상像, 한국인의 정체성이 우리의 궁극적인 경쟁력이 될 것이라 생각했다. 내가 곁에서 지켜본 정주영 회장은 거기에 부합하는 사람이었다. 질박하고 소박하고 투박하고, 인내와 끈기가 있으며, 긍정적이고 진취적인 사고방식을 가진 인물이었다. 그는 술수나 임시방편에 기대지 않고, 스스로 깨닫는 바를 기다리는 선비정신을 가진 사람이었다.

우리 사회가 여러 가지로 혼란스럽다. 우리나라에 또다시 정주영 회장 같은 경제인이 나올 수 있을지, 그런 일이 가능한지 나는 홀로 묻고 답한다. 정 회장의 정신은 우리 세대 뿐 아니라 후학들에게도 물려주어야 할 우리의 정신문화다. 박물관이나 기념관 건립 등 정 회장의 유지를 계승할 수 있는 다양한 방법이 논의되었으면 하는 바람을 가져 본다.

웰컴 투
코리아

사랑은 주고받는 것이다. 받았다면 당연히 그만큼의 것을 돌려줄 줄 아는 마음이 필요하다. 특히, 기업의 경우라면 당연히 사회로부터 받은 부를 사회에 환원할 줄 아는 도덕성을 갖고 있어야 한다.

개인의 사회봉사활동도 같은 맥락에서 이해해야 한다. 개인으로서 우리는 알게 모르게 사회와 국가로부터 많은 것을 얻는다. 어찌 보면 사회로부터 받은 혜택을 갚기 위하여 개인의 작은 힘을 공동체에 보태는 것은 지극히 당연한 일이다.

〈웰컴 투 코리아〉는 국가 홍보물로 촬영되었다. 섭외가 들어왔을 때 담당자는 출연료가 없다는 말부터 꺼냈다. 나는 국가를 홍보하는 일에 출연료가 무슨 필요가 있냐는 생각에 선뜻 출연을 승낙했다. 촬영에 동원된 인원은 60여 명이었다. 문화, 예술, 체육 등 세 분야에서 인지도가 있는 인물들을 선별하여 홍보물을 제작했던 것이다. 나로서는 그런 홍보물에 출연한다는 것 자체가 영광이었다.

홍보물 촬영을 끝내고 한두 달이 지나자 청와대로부터 연락
이 왔다. 대통령이 참석하는 시사회를 연다는 것이었다. 초대를
받고 청와대에 가보니 김대중 대통령을 비롯해서 이휘호 여사,
박지원 씨 그리고 당시 신낙균 문화부 장관, 홍두표 관광공사
사장 등이 함께 자리를 하고 있었다.

대통령은 출연료도 없이 홍보물 제작에 협조를 해줘서 고맙
다며 모두에게 인사를 건넸다. 그런데 대통령의 치하가 끝나고
나서 내 발언이 문제를 일으켰다.

"홍보물이 호평을 얻어 관광객이 몰려오게 되면 우리에게 그
인원을 수용할 준비는 되어 있는 겁니까?"

순간 대통령도 '아, 그렇구나' 하는 표정이 되었다. 그리고 곧
이어 홍두표 씨가 자리에서 일어나더니 이렇게 말했다.

"그런 걱정 안 하셔도 됩니다. 준비가 되어 있습니다."

옆에서 이를 지켜보던 신낙균 씨도 사색이 되어 일어서더니
홍두표 씨를 거들고 나섰다.

"그런 일들은 지금부터 함께 진행할 사안입니다. 미리부터 걱
정하실 필요는 없습니다."

그들의 대응을 보며 '어이쿠, 내가 공연한 질문을 했구나' 하
는 생각이 들었다. 그런데 정작 문제는 그 얼마 후에 벌어졌다.
방송위원장을 하지 않겠냐는 제안이 온 것이었다. 위원장이란
자리는 국민의 세금을 써야 되고 정치와 떼려야 뗄 수 없는 자
리였다. 다시는 정치에 나서지 않겠다는 다짐을 한 터라 나는
그 제안을 거절했다.

하지만 정부의 끈질긴 설득은 계속됐고, 나는 정 그렇다면 시민단체를 꾸려 일을 하겠다는 타협안을 내놓았다. 그렇게 말한 것은 홍보물 제작에 참여했던 인물들의 면면을 보니 그들이 구성원이 된다면 세계시장에서 경쟁력이 있는 단체가 될 것이란 판단이 들어서였다. 그렇게 해서 홍보물을 찍었던 유명 인사들을 회원으로 시민 협의회를 만들었다. 4,000만 원 정도의 서울시 비용을 들여 만든 그 단체가 바로 지금의 〈웰컴 투 코리아〉인 것이다.

〈웰컴 투 코리아〉는 각종 시민단체와 연대하여 국민 질서 정립과 우리 문화의 대외 홍보에 힘을 기울였다. 그러한 노력은 〈좋은 나라 운동본부〉로 이어졌고, 현재에는 전국의 지자체와의 교류로까지 확대되고 있다.

설립 초기에는 구성원들의 역량을 살려 각종 교육, 행사, 축제 등을 도와주며 전국의 지자체를 법인 회원으로 만들어 그들이 출연하는 회비로 운영했다. 지자체부터 시작한 이유는 지방이 깨끗해져야 나라 전체가 깨끗해진다는 생각 때문이었다. 현재의 개인 회원은 126명 정도로 대부분 정직하고 건실한 사회 인사로 구성되어 있다.

나는 후배들에게 연기를 사회에 봉사하듯 하라고 말하곤 한다. 관객이 없는 연기는 의미가 없다. 사람들과 호흡하면서 그들로부터 오히려 연기를 배우는 이가 바로 우리 연기자들이기 때문이다.

평범한 개인이건 사람들의 시선을 받는 연기자건, 영리 법인이건 공적인 조직이건, 사회를 떠나서는 존재할 수 없다. 그러한 의미에서 공동체를 위한 봉사는 선택이 아닌 필수 조건인 셈이다. IVI(International Vaccine Institute), 육군 홍보대사, 자녀 안심하고 학교 보내기 운동 이사, 한국어린이재단 등의 참여는 누가 어떻게 생각하든 관계없이 내가 해야 할 일이기 때문에 기껍게 받아들인 것일 뿐이다.

나는 꿈꾼다,
내게 금지된 것을

집에 찾아온 손님들에게 좋은 인상을 주면 집안 살림살이도 펴지는 법이다. 이걸 멋들어지게 표현하면 '국가의 이미지는 곧 그 나라의 경쟁력과 연결된다' 면 말이 되려나. 나는 지난 2002년 한·일 월드컵 기간 동안 '청사초롱 손님맞이 협의회' 홍보대사로 활동하며 바쁜 시간을 보냈다. 당시 '청사초롱' 은 문화관광부와 필립스 조명으로부터 1억 2천만 원 상당의 협찬을 받아 월드컵 전야제에 쓰일 청사초롱 3만 개를 제공했다.

청사초롱은 우리 조상들이 반가운 손님을 맞이하고 보낼 때 쓰던 고유의 문화상품이다. 3만 개의 청사초롱이 월드컵 경기장을 빛내던 장관은 지금도 잊을 수 없다. 우리는 거기에 그치지 않고 여의도 등 한강변 아파트 단지 4천여 가구에도 청사초롱을 제공하여 축제의 분위기를 더하도록 했다. 유람선을 탄 내외국인들은 한강변에 펼쳐진 아름다운 불빛에 감탄을 자아냈다.

우리는 각 지방 자치단체가 마련하는 지역축제에도 협의회 홍보대사들과 함께 찾아다니며 '청결', '친절', '질서' 등의 구호를 외쳤다. 그러나 선진문화 구현이나 관광산업의 발전이란 게 인프라가 구축이 되어야 하는 일이다. 대통령과 연예인들이 예쁜 옷 입고 나와서 '한국으로 오세요' 하고 백날 떠들어 봐야 '볼거리'와 '시설'이 없으면 만사 공염불인 것이다.

관광 분야에서 경쟁력을 갖추려면 2만 원대의 깨끗한 숙박업소, 5천 원대의 맛있는 먹을거리가 기본이다. 역사, 인심, 볼거리가 일치하지 않으면 한 번 간 관광객이 돌아오지 않는다. 이를 정부의 노력만으로 할 수 있을까. 시민들이 먼저 '밥그릇 지키기'를 자제해야 한다. 예를 들어 제주도에서 '마차관광사업'을 유치하려 했더니 택시협회가 들고 일어나 무산된다. 수산시장 주차장빌딩 4층에 외국인을 위한 관광식당가를 조성하려 했더니 '용도변경 불가'란 이유로 주차장 관리 기업 측이 퇴짜를 놓는다. 이런 사례는 부지기수다.

내 힘과 능력은 보잘것없지만 나에겐 꿈이 있다. 한강대교 부근 중지도에 63빌딩보다 높은 350미터 높이의 철제 관광전용 빌딩을 만들면 어떨까. 그곳에 야간 경관을 조성해 유람선이 출발하는 선착장으로도 이용하면서 한강을 프랑스 센 강 못지않은 명소로 개발한다면? 이게 꿈으로 끝날지, 현실로 나타날지 그것은 좀 더 두고 보기로 하자.

외국인의 주머니를 열어 일회적으로 외화를 벌어들이는 게 전부가 아니다. 우리 문화를 충분히 이해시켜 장기적으로 국가 이미지를 높이는 일이 진짜 '관광'이다. 그러자면 우리가 먼저 '문화'에 대한 이해를 높여야 하는데, 이것 참 쉽지 않은 문제다.

있어야 할
자리

    밭을 갈아엎는 호리와 겨리의 보습에도 더러 바위가 걸린다. 쟁기를 끌든 수레를 끌든 소는 멍에를 쓰고 앞을 향해 걸어가야 하고, 한 마리 소가 끌든 두 마리 소가 끌든 농부는 쟁기를 붙들고 흙을 갈아엎어야만 한다. 더러 큰 바위가 나타나면 농부는 일손을 놓고 앉아 담배를 피워 물기도 하지만, 다시 일어서서 반드시 그것을 고랑 밖으로 밀어내야 한다.

    사람마다 자신이 있어야 할 자리가 있다. 바위가 밭 한가운데에 있어야 할 이유가 없다. 정치인은 정치인의 자리에, 농부는 농부의 자리에 뿌리를 내리고 있어야 한다. 뿐인가. 기업가와 근로자, 선생과 제자도 자신의 자리에 굳건히 발을 디디고 있어야 한다.

    나는 배우의 자리에 머문 까닭에 수많은 사람들의 인생을 내 것처럼 연기하며 살아왔다. 하여 문득 나의 진정한 자리는 어디인가 궁금해질 때가 있다. 연극과 드라마 그리고 영화에서 내가 연기했던 사람들의 삶도, 집으로 돌아와 홀로 마주하는 자연인 최영한의 삶도 온전히 내 것은 아니었다. 내게는 젊은 나이에 과로로 쓰러져 일찍 돌아가신 아버지가 계셨고, 자식 하나 잘되기를 온몸으로 실천하신 어머니가 계셨다.

화려해 보이는 배우의 삶 속에도 여울은 있다. 강 바닥이 얕거나 폭이 좁아 물살이 세게 흐르는 곳이 있는 것처럼, 유유자적한 듯 보이지만 배우의 삶에도 견디기 힘든 아픔과 슬픔이 엄연히 존재한다.

나는 수많은 사람들의 삶을 엿보았다. 드라마 〈수사반장〉에서 몸과 마음을 다쳐 신음하는 사람들을 마주했고, 〈전원일기〉에서 보통사람들의 굴곡 많은 일상을 느꼈다. 나는 많은 작품 속에서 나와 등장인물의 경계가 허물어져 당황했고, 나와 등장인물의 경계가 너무 두터워 절망했다. 그것이 배우의 일상이고, 운명이고, 지켜야 할 자리라는 것을 모르지는 않는다.

언젠가 촬영을 끝내고 개여울에 주저앉아 물속을 바라본 적이 있다. 이리저리 몰려다니는 송사리와 바닥에 깔린 돌들이 훤히 보일 정도로 물은 맑고 정갈했다. 그때 그들이 왜 나의 눈에 띄었을까. 수석에 대한 소양도 취미도 없었던 내게 왜 그 돌들은 보석처럼 빛나 보였을까. 나는 충동을 이기지 못하고 물속에 들어가 돌을 줍기 시작했다. 조개를 닮은 놈, 산 모양을 한 놈, 새까만 놈, 새하얀 놈을 골라내었다. 그렇게 채집한 돌들을 담아 집으로 가져왔다. 자연을 해친 죄책감보다도 나의 집 베란다에서 보석처럼, 혹은 별처럼 빛날 돌들을 생각하니 마음이 설레고 흐뭇했다.

얼마나 시간이 지났을까. 바쁜 일정에 쫓겨 까맣게 잊고 지내다가 베란다에 놓여 있는 돌들이 다시 눈에 들어왔을 때 내 마음은 무거워졌다. 그것들은 결코 아름답지 않았다. 윤기도, 생기도 없이 초라하게 늙어가는 노인처럼 보였다. 세숫대야에 물을 붓고 그 안에 담궈 놓기도 했지만 소용없었다. 아파트 베란다의 세숫대야 속은 돌의 자리가 아니었다. 나는 그들의 자리는 흐르는 시냇가의 물속이라는 것을 뒤늦게 깨달았다.

안타깝게 나는 지금 그 돌들이 어디에 있는지 모른다. 제자리로 돌려놓아야 했는데 흐지부지 잊고 말았던 것이다. 혹시 내 인생이 제자리를 지키지 못하고 그렇게 덧없이 흘러가 버리고 만다면 어찌 될까. 갑자기 두려워지기 시작했다.

그렇다. 흘러왔으니 흘러가야 할 것이다. 세상의 많은 사람들이 제자리를 지키지 못해 속절없이 스러졌다. 그렇다고 제자리만 차고 앉아 이웃을 외면할 수도 없는 노릇, 제자리를 반듯하게 지켜 낸 후 미련 없이 자신의 자리를 양보하고 떠난 사람들에게 경외심을 품는 이유가 거기에 있다.

내가 있어야 할 곳, 내가 흘러가야 할 곳은 어디일까. 평생 고생만 하신 어머니였을까, 묵묵히 뒷바라지해 준 아내였을까, 마음이 너그러운 선배와 동료들이었을까, 나를 잘 따라 준 후배들이었을까. 아니면 그리운 아버지였을까.

밭을 갈아엎는 호리와 거리의 보습에도 더러 바위가 걸린다. 쟁기를 끌든 수레를 끌든 소는 멍에를 쓰고 앞을 향해 걸어가야 한다. 한 마리 소가 끌든 두 마리 소가 끌든 나는 쟁기를 붙들고 흙을 갈아엎어야 한다. 그러다 더러 바위가 나타나면 나는 숨을 고르며 꼭 있어야 할 자리를 생각할 것이다. 내 아버지처럼 그리고 당신의 아버지처럼.

그리운 남자,
김 회장과 캡틴 박

선생님을 처음 만나 뵌 것이, 1981년 6월…… 벌써 26년 전 일이다.

〈전원일기〉 대본 연습장이었다.

최 선생님을 비롯하여 김혜자, 정애란 선생님 등 이미 대배우 이신 분들 앞에 서툰 첫 작품을 부끄럽게 선보이는 자리여서 등 줄기로 찬 땀이 솟는 그런 분위기였다.

조마조마한 기분으로 리딩을 마쳤는데, 최 선생님께서 먼저 그 근사한 음성으로 말문을 열었다.

"좋습니다. 드라마에 '사람'이 보이는군요. 열심히 해보십시다."

결코 만족스러울 리 없는 신인작가의 글에서 흠보다는 장점을 먼저 찾아 주눅 든 신인을 격려해 주신 분. 그분이 최불암 선생이다.

〈전원일기〉를 10여 년이나 쓰는 동안, 최 선생님이 계셔서 작가로서 참 행복했다. 〈전원일기〉는 시추에이션 드라마라서 에피소드에 따라 더러는 김 회장이 이야기의 중심에서 멀어지는 때도 있었는데, 그럴 때면 김 회장은 논밭이나 과수원에서 일하는 모습만 비추고 말았다. 단 두어 신Scene. 그것도 삽을 든 구부정한 뒷모습이거나, 말없이 텅 빈 들판을 바라다보는 뒷모습만으로도 깊은 감동을 주는 배우가 최불암 씨다.

흔히 작가들은 연기자를 두 그룹으로 나눈다. 함께 일하는 작가나 연출자에게 영감을 주는 분들과 그렇지 않은 분. 최 선생님은 김혜자 선생님과 더불어 내게 가장 많은 영감을 주신 분이다. 그런 최 선생님도 나를 '섭섭하게' 하신 적이 한 번 있었다.

〈그대 그리고 나〉를 준비할 때이다. 시놉시스를 건네받은 최 선생님께서 난감해 하는 눈치였다. 이해할 만했다. 이미 〈전원일기〉를 10년 넘게 함께 작업하면서 유교적 철학의 기준이 확실한 모범적 가장으로, 마을의 정신적 지주로 안팎으로 존경 받으며 살아왔는데, 일시에 늙은 바람둥이라니.

며칠 후 연출을 맡은 최종수 국장이 전화를 해왔다.

"김정수 씨, 어떡하지? 최불암 씨가 못 하겠다네."

바로 달려가 최 선생님을 만났다.

"이 역에 선생님 말고 대안은 없습니다. 복잡하게 생각 마시고, 섹시하게만 해주세요. 여자들이 동규아버지하고 연애하고 싶게요."

듣기만 해도 무안한 듯 최 선생님은 얼른 얼굴을 돌려 버리셨다. 그리고 끝내 거절하시면 어떡하지 했는데 어쨌거나 박 선장이 되어 주셨고, 일단 시작하자, 역할에 대한 최 선생님의 사랑은 감동적일만큼 각별했다. 그 덕에 이내 드라마는 커다란 관심을 받기 시작했고, 특히 캡틴 박과 노처녀 교수님의 닭살 돋는 연애 행각을 사람들이 참 좋아했었다.

고향에서 '박 선장' 이라고 불리던 그 사나이는 사고 친 자식 때문에 다 털어 먹고 서울 와서 새벽시장에서 생선상자를 나르는 잡부 '박씨' 로 전락한다. 그러나 결코 기죽지 않고 당당하게 밥벌이를 하던 그 아버지의 모습은 외환위기로 나라 전체에 먹구름이 짙게 덮여 있던 그해 겨울, 주눅 든 서민들에게 주말마다 용기를 줄 수 있었다고 감히 생각한다.

자식을 위해서라면 누구 앞에서라도 무릎 꿇을 수 있고, 자식을 위해서라면 사랑하는 여자를 떠나보낼 수도 있는 투박하지만 진한 부정父情을 가진 아버지. 흠 많은 인간이면서도 끝내 사람의 얼굴을 잃지 않은 한 남자를 그리고 싶었던 내 의도는 충족되었고 그래서 캡틴 박은 양촌리 김 회장과 더불어 내게는 지금도 그리운 남자이다.

우리 속담에 '부모가 반 팔자' 라는 말이 있다. 어떤 부모 밑에서 태어나 어떻게 자라는가가 그 사람의 삶을 절반이나 결정한다는 이야기일 것이다.

사회에 첫발을 내딛었을 때 만나는 사람 역시 부모나 스승과 마찬가지로 한 사람의 일생에 지대한 영향을 끼친다고 믿는다. 그런 의미에서 나는 신출내기 방송작가 시절에 '배우 최불암' 을 만난 것을 일생의 행운으로 알고 두고두고 감사하게 생각한다.

김정수(방송작가)

우리 곁에도
느티나무 같은 배우가 있다

대한민국의 수많은 사람들이 최불암을 보고 자랐다고 해도 과언이 아니다. 최불암만큼 세대마다 다양하게 다층적으로 읽히는 연기자는 없을 것이며, 동시에 최불암만큼 다양한 세대의 사람들이 눈길을 주는 연기자도 없을 것이다.

하루에만도 수많은 별들이 뜨고 지는 작금의 연예계에서 최불암은 연기라는 한자리에서 40여 년을 한결같이 빛을 발산하는 현재 진행형의 별이다. 대연기자로서의 최불암의 면모를 처음 눈으로 확인한 것은 1999년 5월 26일 단국대 학생극장에서 그를 만났을 때였다. 연기생활 중 처음으로 시트콤에 도전해 웃음사냥에 나섰는데 오랜 경륜의 그도 긴장이 됐는지 연신 담배를 피웠다. 촬영에 들어가자 일순 대사를 놓치고 연기에 힘이 들어갔다. 지나가던 홍진경이 한마디 던졌다.

"최불암 선생님도 NG를 내는 걸 보고 놀랐어요. 비로소 인간적이라는 생각이 들던데요."

그 말에 나는 평소 최불암에 대해 후배 연기자들이 갖고 있는 '믿음'을 헤아려 볼 수 있었다. 물론 그도 완벽하지는 않다. 다만 늘 새로운 캐릭터에 긴장하고 자기가 창조할 캐릭터에 생명을 불어넣을 방안을 모색한다.

그는 인기와 무관한 연기자의 삶을 지향했다. 최불암은 작품의 완성도를 위한 것이면 그것이 조연이든 노역이든 기꺼이 응했다. 한 시상식장에서 만난 그에게 질문을 던졌다.

"꽃 같은 20~30대에 멜로 드라마의 멋진 주인공이 되고 싶지 않으셨어요?" 최불암은 "연기자는 작품을 통해 사람들의 진실 욕구를 충족시키는 거야. 그러기 위해서는 캐릭터에 혼신을 다해야지. 물론 나도 멋진 배역을 맡고는 싶지. 하지만 성실한 것이 우선이야. 모두 신성일 같은 사람만 있으면 드라마가 되겠어?"라고 반문했다. 원론적인 것이지만 그의 말에 더욱 힘이 실리는 까닭은 그가 무대에서, 브라운관에서 그렇게 실천해왔기 때문이다.

2006년 방송된 MBC 드라마 〈궁〉에 최불암은 단 1회 출연을 했다. 최불암의 이름 석 자로 볼 때 상상이 가지 않는 설정이었다. 단 1회를 출연해도 최선을 다하는 최불암이기에 수많은 드라마에서 탁월한 연기력과 열정으로 주인공 역을 소화해 낸 것이다. 그처럼 최불암의 연기는 영화평론가 D.믹슨이 연기자 이론에서 언급했던 '배우는 우리가 상상할 수 있는 어떤 배역에서도 자신을 맞출 수 있어야 하며 모든 행동을 믿을 만하고 자연스럽게 표현할 수 있어야 한다'는 것을 가장 잘 구현하고 있다고 해도 과언이 아니다.

최불암은 중앙고 2학년 때부터 연극을 시작해 1958년 서라벌 예술대학에 연출 전공으로 입학했다. 그는 연기전공 학생들이 맡기를 꺼려하는 노인 역을 자주 맡았다. 주위에서 그의 연기를 보고 연기자의 길을 가라고 권했다. 그는 1960년 한양대 연극영화과에 진학해 연출, 연기를 공부를 했다. 오늘의 국민배우 최불암이 탄생하는 순간이었다. 다들 꺼려하는 노역을 기꺼이 맡음으로써 '오래 가는' 연기자로서의 아름다운 출발을 보였다. 국립극단에서 연기생활을 하던 중 KBS 텔레비전 연기자로 데뷔한 1967년 〈수양대군〉에서도 그는 김종서 역으로 노역을 맡았다. 당시 그의 나이 스물일곱이었다.

이로부터 40여 년이 넘는 그의 연기 역정에는 한국 드라마사에 기념비적인 작품이 적지 않다. 〈전원일기〉(1980~2002), 〈수사반장〉(1971~1989), 〈그대 그리고 나〉(1997~1998) 등 일일이 열거하기 어려울 정도로 많다.

한편 최불암과 떼어 놓고 생각할 수 없는 단어가 '아버지' 다. 〈전원일기〉에서 김 회장으로 대변되는 최불암이 표출했던 아버지상은 우리가 지켜야 할 한국적 정서가 녹아 있는 사랑과 희생의 아버지다. 힘들 때나 기쁠 때나 언제 찾아가도 변함없이 맞아주는 고향의 느티나무 같은 아버지가 바로 최불암이 구현한 아버지상이다.

최불암의 실제 생활도 드라마 속에서 구현해 냈던 아버지의 연장선상에 있다.

그는 집에 자신만이 머물 수 있는, '아버지의 자리'를 만들어 놓고 그 자리에는 아내나 아이들이 앉지 못하게 하는 이유를 설명했다. 아버지의 자리가 사라지면 가족의 중심이 사라지고 사회, 국가도 흔들린다고 최불암은 생각한다.

2007년 2월 유니, 정다빈 등 후배 연기자들이 스스로 목숨을 끊었을 때 최불암은 누구보다 가슴 아파했다. 그리고 그는 대중 매체를 통해 진정으로 호소했다. 삶은 어떤 것과도 바꿀 수 없는 소중한 것이며, 힘든 상황을 견디면 반드시 좋은 날이 올 거라고 아버지의 심정으로 호소한 것이다. 최불암의 진정 어린 호소를 보면서 힘든 상황에 처해 있던 후배 연기자들이 많은 용기를 얻었다.

이렇듯 연기자로서도, 자연인으로서도 최선을 다하는 최불암은 한국 대중문화사의 중요한 자산이다. 연기론의 대가이자 러시아 유명 연출자였던 스타니슬라브스키는 이런 말을 한 적이 있다.

"어떤 배우들은 물고기가 물을 사랑하듯 무대와 예술을 사랑한다. 그들은 예술의 분위기 속에서 소생한다. 또 어떤 배우들은 예술이 아니라 배우로서의 경력과 성공을 사랑한다. 그들은 무대 뒤의 분위기 속에서 살아난다. 첫 번째 배우들은 아름답지만 두 번째 배우들은 혐오스럽다."

성공과 인기에만 연연해하는 배우가 더 많은 요즘 최불암은 브라운관, 스크린, 무대를 사랑하는, 예술을 통해 소생하는 아름다운 연기자다. 그런 그가 오랫동안 시청자와 관객의 곁을 지켜 주었으면 한다. 최불암, 그가 존재한다는 것만으로 우리 대중문화의 지평은 확대되고 우리는 감동과 행복감을 느끼기 때문이다.

배국남(대중문화평론가)

1968, KBS 연습실에서

1969, 〈권율장군〉

1969, 개구리 남편

1990년대 중반, 한복모델

1969, 〈베니스의 상인〉

1968, 〈흙〉

1948, 초등학교 입학 후

민중극단, 〈恨〉

1997, 〈그대 그리고 나〉

1980, 〈전원일기〉

1970, 신혼여행길

1970, 〈임꺽정〉

1974, 〈한백년〉

1970년대 초,
신성일, 최무룡씨와 함께

2004, 〈영웅시대〉

1967, 〈바꼬지〉

1971, 〈수사반장〉

1978, 〈형제〉

1969, 〈이순신〉

1989, 〈전원일기〉 400회

**인생은 연극이고
인간은 배우라는
오래된 대사에 관하여**

2007년 10월 1일 초판 1쇄 펴냄
2007년 10월 30일 초판 2쇄 펴냄

지은이 최불암
펴낸이 김성구

편집장 홍승범
책임편집 김동하
책임집필 신승철
사진 한영희
디자인 오진경
마케팅 이택수 최윤호 손기주 송영호
제작 신태섭
관리 양지숙

펴낸 곳 (주)샘터사
등록 2001년 10월 15일 제1-2923호
주소 서울시 종로구 동숭동 1-115 (110-809)
전화 763-8961~6(출판사업부) 742-4929(영업마케팅부)
팩스 3672-1873
홈페이지 www.isamtoh.com
이메일 book@isamtoh.com

ISBN 978-89-464-1596-6 03810

이 도서의 국립중앙도서관 출판시도서목록(CIP)은
e-CIP 홈페이지(http://www.nl.go.kr/cip.php)에서 이용하실 수 있습니다(CIP제어번호: CIP2007002853).